महिला प्रधान साझा संकलन

नारी शक्ति

संपादक मंडल

प्रीति चौधरी 'मनोरमा'

सुप्रिया पाठक 'रानू'

डॉ. निशा शर्मा

प्राची डिजिटल पब्लिकेशन

उधम सिंह नगर, उत्तराखंड

Book	:	Naari Hoon Main
Editor	:	Preeti Chaudhary
Edition	:	1st (January, 2022)
ISBN	:	9789391358518

Published by

PRACHI
DIGITAL PUBLICATION

Gaytri Vihar, Phase - 1, Jawahar Nagar,
Udham Singh Nagar -263149, Uttarakhand
Website : www.prachidigital.in
E-mail : editor@prachidigital.in
Contact : +91 - 976041 - 7980, 8103

Printed by :
Thomson Press India Limited, New Delhi-110020

अनुक्रमणिका

गुजराती रचनाएं

मराठी रचनाएं

अंग्रेजी रचनाएं

संपादकीय

"नारी हूँ मैं" साझा संकलन स्वयं में एक अद्भुत संकलन है, जिसमें सिर्फ महिला रचनाकारों ने प्रतिभाग किया है। उक्त संकलन में एक से बढ़कर एक अद्भुत कवियित्रियों की रचनाओं को सम्मिलित किया गया है, जिसमें नारी विषय को विस्तृत रूप से वर्णित किया गया है। नारी की व्यथा को अनुपम शब्दों की माला में पिरोते हुए संकलन में रखा गया है। जैसा कि संकलन के नाम से स्पष्ट है, "नारी हूँ मैं" नारी प्रधान रचनाओं का अद्भुत संकलन है यह। नारी जो आधी आबादी है सृष्टि की, नारी जो जननी है, जिसमें क्षमता है सृजन की, जिसमे धैर्य है साहस है त्याग है और समर्पण है, जीवन को जीवंत बनाये रखने की।

नर और नारी प्रकृति के दो स्वरूप हैं , और दोनों एक दूसरे के पूरक, एक दूसरे पर निर्भर हैं। सामाजिक विसंगतियों के कारण नर और नारी के मध्य कुछ अंतर आते गए जो निरंतर बढ़ते ही रहे, और जिसे एक झटके में पाट पाना असम्भव से है, फिर भी प्रयास जारी है। इन रचनाओं ने संकलन को अद्भुत रूप प्रदान किया है। प्रत्येक रचना जैसे नारी की वेदना ...पीड़ा... करुण क्रंदन... और उसके मौन को शब्द देती हुई प्रतीत होती है। यह संकलन इसलिए भी अद्भुत है, क्योंकि हिंदी रचनाओं के साथ-साथ गुजराती, मराठी और अंग्रेजी भाषा की रचनाओं को भी इस संकलन में स्थान दिया गया है। पुरातन काल में नारी को परिभाषित करते हुए कहा जाता था-

"अबला नारी हाय! तुम्हारी यही कहानी
आँचल में है दूध आँखों में पानी।"

किंतु आज के परिप्रेक्ष्य में स्थिति परिवर्तित हो चुकी है, अब नारी अबला नहीं रही है। वह शक्ति का पुंज है ..शक्ति स्वरूपा नारी के इस सशक्त रूप को इस संकलन के माध्यम से

भली-भाँति प्रदर्शित किया गया है। नारी साक्षर एवं स्वाबलंबी होकर परिवार का पालन- पोषण करती है, वह गृह लक्ष्मी के साथ-साथ अन्नपूर्णा कहलाती है। मनुस्मृति में मनु ने भी कहा है कि "यत्र नार्यस्तु पूज्यंते, रमंते तत्र देवता" अर्थात "जिस घर में नारी का सम्मान होता है, उस घर में ईश्वर का वास होता है"।

इस वक्तव्य को आधुनिक युग में हालांकि पूर्ण रूप से मान्य नहीं समझा जा रहा है, क्योंकि आजकल हम समाचार पत्रों, पत्रिकाओं में नारी के एक अलग ही रूप को देख और पढ़ रहे हैं। नारी की अस्मिता को सड़कों पर लहूलुहान किया जाता है, वहीं दूसरी ओर पाखंडी समाज में भ्रूण हत्या के साथ-साथ नवरात्रि में कन्या पूजन की प्रथा चली आ रही है। यह विरोधाभास समाज में प्रत्येक घर में देखा जा सकता है, सुशिक्षित और संभ्रांत परिवार भी भ्रूण हत्या जैसा जघन्य अपराध करने से नहीं घबराते हैं। हम पढ़ाई-लिखाई का आवरण पहनकर दरअसल आदिमानव जैसा व्यवहार करते हैं। यह परिपाटी बंद करनी होगी, आवश्यकता है इस पुरातन और पाखंडी वर्जनाओं से निकलने की।

अब नारी को आगे आना होगा, उसे अपने आत्म सम्मान के लिए स्वयं कदम बढ़ाने होंगे। यदि वह स्वयं को पितृसत्तात्मक समाज में स्थापित करना चाहती है, तो सर्वप्रथम नारी को नारी का सम्मान करना होगा। इसकी शुरुआत कुटुंब से करनी होगी। जहाँ एक माँ अपने भ्रूण में पल रही कन्या की हत्या के लिए कभी भी अपनी सहमति प्रदान न करे। साथ ही माँ अपनी बेटी को साक्षर और स्वावलंबी बनाने की पहल करे। आखिर क्यों बेटियाँ पराया धन ही कही जाती हैं ?क्यों एक बेटी को मुखाग्नि देने का देने के अधिकार से वंचित रखा जाता है? यदि पुरुष और स्त्री समान है, एक दूसरे के पूरक हैं, दोनों में कोई भेद नहीं है, तो आखिर रीति-रिवाजों और परंपराओं में इतनी असमानता क्यों??

आवश्यकता है इस प्रश्न पर विचार करने की.. इस संकलन के माध्यम से पाठक वर्ग को एक स्वर्णिम अवसर प्रदान किया गया है, ऐसे ही ज्वलंत प्रश्नों की ओर उनका ध्यान आकृष्ट किया गया है, कि हम अपने परिवार में.. समाज में... समुदाय में.. देश में.. नारी के साथ भेदभाव पूर्ण व्यवहार न करें..।

"प्रत्येक दिशा में खड़े निशाचर क्या मानवता जी पाएगी?
विष भरा जीवन का पात्र क्या नारी पी पाएगी?
हर युग में क्यों नारी ही शोषण की पात्र बने?
सीता क्या फिर से वनवास सह पाएगी?

द्रौपदी अब क्या कृष्ण को हृदय -पीर कह पाएगी?
आह !सड़कों पर हुआ अस्मिता का चीरहरण,
भयावह हुआ है जग का यह वातावरण,
भर गया है अश्रुओं का जलधि आँखों में
क्या अबला की करुण वेदना सोए एहसास जगाएगी?
द्रोपदी अब क्या कृष्ण को हृदय पीर कह पाएगी?
भरी सभा में अपमान कर रहे हैं दु :शासन,
किंचित बचे नहीं हृदय के विचार पावन
क्या नर की पवित्रता का भी कोई मानक है जग में?
क्या मात्र नारी ही अग्निपरीक्षा देती जाएगी?
सीता क्या फिर से सहर्ष वनवास सह पाएगी?

हमें पूर्ण विश्वास है कि विभिन्न विधाओं से संकलित यह संकलन एकरसता से दूर पाठकों को पूरी पुस्तक एक साथ पढ़ जाने पर विवश कर देगा। प्राचीन काल से वर्तमान समय तक स्त्रियों के लिए समाज मे अनेक बंदिशें रहीं समय समय पर वो तोड़ी भी गयी, तो कभी विवशता में स्वीकार भी की गई, विरोधाभास चलते रहे और अभी चलते रहेंगे। सदियों से चली आ रही कुरीतियों को मिटाने में सदियां तो लगेंगी ही।नारी समाज अब पहले से कहीं ज्यादा जागरूक है, समाज भी उनके इस जागरूकता में सहभागी है।

प्रस्तुत संकलन नारी जीवन के विभिन्न आयामों को समेटे हुए, साहित्य की विभिन्न विधाओं की यात्रा कराता है, जहां एक ओर नारी की विवशता से अवगत करा रहा, वहीं नारी के अदम्य साहस से भी। ज्यों नारी का स्वरूप विविधताओं से पूर्ण है, जीवन के हर पड़ाव पर परिवार और समाज मे नारी कभी माँ, कभी बहन, बेटी , बहु बनकर जो विभिन्न दायित्वों का निर्वहन कर रही है, ठीक उसी प्रकार यह संकलन भाषाई दूरियों से दूर एक सजे सजाए गुलदस्ते की तरह हिंदी गुजराती मराठी और अंग्रेजी के सुंदर फूलों की बेहतरीन प्रस्तुति है-

नारी तू जननी,
तू निर्मात्री,
तू सक्षम,
घुटन न हों जीवन मे तब तक अनुकरणो में चलना,

दमित होने लगे इक्षाएँ,
और कटें जब पर तेरे ,
तू सीता बन न अग्नि परीक्षा देना ,
तू खुले स्वर में कहना।
सहना हर दुख सुख संग संग,
लेकिन जब घुटने लगे दम ,
बेमानी बेमतलब दम्भ में तो
तू खुले स्वर में कहना।
सम्मान देना और बदले में सम्मान लेना,
जब प्रेम बन जाये विवशता और बर्बरता का हाथ उठे तो ,
खुले स्वर में कहना।
वहन कर लेना जिम्मेवारियां सारी,
लेकिन जब अरमान तुम्हारे कुचले,
तो खुले स्वर में कहना।
तुम जननी हो तुम अब ना सब सहना
होने लगे घुटन जरा भी
तो खुले स्वर में कहना।

हम हृदय तल से प्राची डिजिटल पब्लिकेशन की आभारी हैं, जिन्होंने मुझे इस महत्वपूर्ण संकलन के संपादक मंडल में रखा। इन अनुत्तरित प्रश्नों का जवाब खोजने का प्रयास करती हुई प्रतीत होती है यह अनुपम कृति "नारी हूँ मैं"।

संपादक द्वय

प्रीति चौधरी 'मनोरमा'

सुप्रिया पाठक 'रानू'

हिन्दी रचनाएं

प्रीति चौधरी 'मनोरमा'

व्यक्तिगत परिचय

पति का नाम : श्री सुभाष सिंह डबास

पिता का नाम : श्री सतेन्द्र सिंह

माता का नाम : श्रीमती चंद्रमुखी देवी

जन्मतिथि : 05 अगस्त, 1985

जन्म स्थान : ग्राम राजपुर, पोस्ट मलकपुर (बुलन्दशहर), उत्तर प्रदेश।

शिक्षा : बी.ए., एम.ए., बी.एड., विशिष्ट बी.टी.सी.

सम्प्रति : अध्यापन

प्रकाशित कृतियाँ : यादों के तरू (एकल काव्य संग्रह)
एहसास के पन्ने (एकल काव्य संग्रह)
तुम संग (एकल काव्य संग्रह)

संपादन : नारी तू अपराजिता (महिला प्रधान साझा काव्य संकलन)

साझा संकलन : आखर कुँज, स्वरांजलि, रत्नावली, मैं नि:शब्द हूँ, हे भारत भूमि, उन्मुक्त परिंदे, नवकिरण, काव्य सृष्टि, शब्दों के पथिक (सभी काव्य संकलन)।

सम्मान : साहित्य शिरोमणि सम्मान, स्वामी विवेकानंद साहित्य सम्मान, माँ वीणापाणि साहित्य सम्मान, महादेवी वर्मा नारी रत्न सम्मान 2020 आदि प्राप्त।

स्थायी पता : ग्राम लाड़पुर तहसील स्याना, बुलंदशहर (यू0 पी0)

हर अपराध की दोषी स्त्री ही क्यों?

यह तथ्य अत्यंत विचारणीय है, कि हमारे समाज में आज भी स्त्री और पुरुष के मध्य भेदभाव किया जाता है। पितृसत्तात्मक समाज की सोच में रत्ती भर बदलाव नहीं आया है। यहाँ यदि बालक कोई अच्छा कार्य करता है, तो उसका श्रेय पिता को दिया जाता है, और यदि दुर्भाग्यवश कोई बालक कुसंगति में पड़कर गलत राह पर चलता है, तो माँ को ही दोषी ठहराया जाता है। यह परिपाटी सदियों से चली आ रही है, आज आवश्यकता है इस चलन को परिवर्तित करने की। प्रत्येक अपराध के लिए आखिर स्त्री ही दोषी क्यों मानी जाती है?यह अत्यंत निंदनीय है। प्रायः समाचार पत्रों में ऐसी खबरें पढ़ने को मिल जाती हैं की यदि किसी स्त्री के बेटे ने किसी बालिका के साथ बलात्कार किया है, तो बालिका पक्ष के व्यक्ति उसकी सजा उस लड़के की माँ को देते हैं ...उसके साथ दुर्व्यवहार करके अपनी बेटी के कुकर्म का बदला लेते हैं... पीड़ित बालिका के साथ न्याय करने का प्रयास करते हैं। किंतु यह और भी उच्च श्रेणी का जघन्य अपराध है। जहाँ हम किसी निर्दोष को सजा देकर आत्मसंतुष्टि का अनुभव करते हैं। अतः हमें इस घटिया सोच को बदलना होगा। हमारे कानून में भी कहा गया है कि "चाहे कोई दोषी व्यक्ति छूट जाए, किंतु निर्दोष को सजा न होने पाए"।

एक दूसरा उदाहरण देखते हैं कि एक परिवार में विवाह के बारह वर्षों के पश्चात भी जब कोई संतान नहीं हुई, तो वर- वधु में से वधु को ही दोष दिया गया। तथा उसे बाँझ कहकर सम्बोधित किया गया। किंतु जब दोनों की डॉक्टरी जाँच कराई गई तो, लड़के के शुक्राणुओं में कमी पाई गई। वह पिता बनने में असमर्थ पाया गया। यह अमानवीय है कि हम प्रत्येक अपराध के लिए औरतों को ही दोषी मानकर उन्हें भला-बुरा कहते रहें। अधिकांशतः हमारे समाज में यह भी देखा गया है, कि विवाह के कुछ वर्षों पश्चात जब स्त्री -पुरुष के मध्य विवाह विच्छेद होता है, तो इसका दोषी स्त्री को ही माना जाता है। उसके चरित्र पर ही लाँछन लगाए जाते हैं। पुरुष की गरिमा पर कोई असर नहीं पड़ता है।

स्त्री के विषय में कहा जाता है कि यह "तलाकशुदा स्त्री" है "छोड़ी गई औरत"है "परित्यक्ता" है। आखिर कब तक हम स्त्री के कोमल मन को ही ठेस पहूँचाते रहेंगे? विवाह विच्छेद एक ऐसा विषय है जो वैचारिक मतभेद के कारण परिणाम तक पहुँचता है। इसमें किसी एक पक्ष की ही गलती नहीं होती है, अपितु दोनों ही पक्ष इसके लिए उत्तरदाई होते हैं। ऐसे में मात्र स्त्री पर ही दोषारोपण करना कहाँ तक उचित है?

अन्य प्रसंग देखें, तो समाज में ऐसे भी प्रकरण सामने आते हैं, जब एक स्त्री द्वारा पुनर्विवाह करने पर उसे उलहाने दिए जाते हैं। यदि किसी पुरुष की पत्नी की मृत्यु हो जाए और वह पुनर्विवाह कर ले, तो उसे उसकी मजबूरी का नाम दिया जाता है। और यदि किसी महिला द्वारा पुरुष की मृत्यु हो जाने पर पुनर्विवाह कर लिया जाए, तो समाज उस महिला को संदेह की दृष्टि से देखता है। क्या महिलाओं को जीने का अधिकार नहीं है?क्या उन्हें अपने सपने पूरे करने की स्वतंत्रता नहीं है? क्या स्त्री के अंदर भावनाएँ नहीं होतीं? वह भी इंसान है।

यहाँ तक कि यदि किसी बालिका के साथ बलात्कार हो जाए, तो इसमें पुरुष को दोषी न मानते हुए उस लड़की के परिधानों पर ही टीका- टिप्पणी की जाती है। कहा जाता है कि "कम कपड़े पहने हुए थे, तो बलात्कार तो होता ही" क्या मनुष्य पशु है, जो वह अर्द्धनग्न तन देखकर अपना विवेक और संयम खो देता है?आखिर कब तक हम पुरुषों की वकालत करते रहेंगे? कब तक उसके दोषों पर पर्दा डालते रहेंगे? कब तक स्त्री की मान मर्यादा को ठेस पहुँचाते रहेंगे?कब तक प्रत्येक अपराध की सजा स्त्री को ही देते रहेंगे? आज समय है परिवर्तन का ...बदलाव का... नवाचार का।

हमें समाज को बदलना है, अपनी लेखनी के द्वारा उसे नई दिशा प्रदान करनी है। अंत में चंद पंक्तियाँ समस्त स्त्री जाति के लिए समर्पित करती हूँ-

अब न्याय हो, बस न्याय हो,
अन्याय का प्रतिकार हो।
बस अब और नहीं वहशीपन,
जीवन में सभ्यता का सार हो।
चहुँओर निशाचर घूम रहे हैं,
मानो मदिरा पीकर झूम रहे हैं,
इनकी उच्श्रृंखलता पर समाज में,
कोई अंकुश तो एक बार हो।
उन्मुक्त अभिलाषा पर हो,
मर्यादा का बंधन लगा हुआ,
हृदय का निलय संस्कारों की,
पूँजी से हो सजा हुआ।

जीवन में सादगी और,
शालीनता का दीप जलता रहे,
बेटियों का अस्तित्व जग में,
सुरक्षित सदा पलता रहे,
कुत्सित मानसिकता का,
अब सही उपचार हो,
मनुष्य के संयम, विवेक का
तनिक और विस्तार हो।
हे नारी! शस्त्र उठा ले तू,
कब तक अबला कहलाएगी?
चंडी, काली, और ज्वाला बन,
तभी आत्मरक्षा कर पायेगी।
तेरे तन पर तेरा ही,
एकमात्र अधिकार हो,
तेरे स्वप्नों, आकांक्षाओं का,
प्रति क्षण न बलात्कार हो।
ये अश्रु तेरे स्वाभिमान की,
रक्षा करने में असमर्थ हैं,
तेरे अतिरिक्त न और कोई
सम्मान को बचाने में समर्थ है।
यह कलियुग है, इस कलयुग में,
कान्हा मिलने दुर्लभ है,
यहाँ सम्मान मिलना दुष्कर,
अपमान सर्वत्र, सुलभ है।
तेरे अंतर्मन में ही हे नारी,
गोविंद का अवतार हो।
जो तू स्वयं रक्षा करे,
तो बंद यह व्यभिचार हो।

नारी सुलभ कोमलता,
शालीनता को त्यागकर,
इंदु सी शीतल न बन,
स्वयं को रवि सी आग कर,
वासना की यह अनल,
बन गई है देखो दावानल,
त्राहि–त्राहि अस्मिता कराह उठी,
नारी क्रंदन का है कोलाहल,
मन की निर्बलता से लड़ने को
मन से अब तू तैयार हो,
असुरों के बलिष्ठ तन पर,
असँख्य तेरे वार हो।

तेरे तन पर तेरा ही एकमात्र अधिकार

तेरे तन पर तेरा ही एकमात्र अधिकार हो,
तू पुरुष के समकक्ष, यह सत्य तुझे स्वीकार हो।

तू सृष्टि की निरंतरता की वाहिका कहलाती है,
तेरे गर्भ में शैशव-अवस्था साँसें और जीवन पाती है,
तेरी इच्छाओं और सपनों का न अब और बलात्कार हो।
तेरे तन पर तेरा ही एकमात्र अधिकार हो...

पुरुष सम तुझे भी खुली हवा में जीने की आजादी मिले,
सुरक्षित मिले गृह-आँगन, मुदित मन की वादी मिले
हर क्षण पुरुष की अधीनता क्यों तुझे स्वीकार हो?
तेरे तन पर तेरा ही एकमात्र अधिकार हो...

तेरे छोटे कपड़ों पर क्यों टीका-टिप्पणी करे समाज?
बलप्रयोग करने में क्यों आती नहीं परुष को लाज?
क्यों तेरी गलती ही कोर्ट में सिद्ध हर बार हो?
तेरे तन पर तेरा ही एकमात्र अधिकार हो...

क्यों सदा तू ही त्याग की प्रतिमूर्ति है मानी जाती?
क्यों विवाह से पूर्व तेरी इच्छा नहीं है जानी जाती?
क्यों तेरे स्वप्न सलोने लहुलुहान और तार-तार हो?
तेरे तन पर तेरा ही एकमात्र अधिकार हो...

औरत नहीं औरत की दुश्मन

औरत ही औरत की परम मित्र होती है
वही एक दूसरे का संबल बनतीं हैं
जब पुरूष के द्वारा तोड़ दिया जाता है मनोबल स्त्री का
जब क्षत विक्षत कर दिया जाता है नारी के कोमल तन को
पुरुष द्वारा तो नारी ही स्नेह का लेप लगाकर छुपा लेती है
लहूलुहान तन के घावों को लाज रूपी वसन में
जब बालिका भ्रूण हत्या करना चाहता है कुटुंब तब
औरत ही माँ के रूप में नौ माह
प्रदान करती है बेटी को सुरक्षा
उसके जन्म पर सर्वाधिक प्रसन्न होने वाली माँ ही होती है
उसके बड़े होने पर उसमें अपना बचपन जीने वाली भी एक स्त्री ही होती है।
जब वही बेटी बड़ी होकर हो जाती है घर से विदा
उसकी यादों को अलमारी में सहेज कर रखने वाली एक स्त्री ही होती है
बहू को पाकर जो स्वयं के जेवर भी
उसे उपहार स्वरूप देती है वह सास भी स्त्री ही होती है
जो सौंप देती है उसे अपना अंश, अपना बेटा,
अपना घरबार और पग पग पर अच्छी गृहणी बनने में
करती है सतत मार्गदर्शन
स्त्री कभी नहीं स्त्री की दुश्मन वह तो संगिनी ही रही है
देती है स्नेह माँ के रूप में
दुलार बहन बनकर
मीठी नोंकझोंक भाभी बनकर
लाती है प्रतिवर्ष राखी की सौग़ात ननद बनकर
देती है करवाचौथ की सरगी
बनकर सास और आशीर्वाद से भर देती है बहू का दामन
फिर कभी न समझना औरत को औरत की दुश्मन...

सुप्रिया पाठक 'रानू'

व्यक्तिगत परिचय

जन्म तिथि	:	02 जनवरी, 1989
जन्म स्थान	:	गोपालगंज
पिता	:	श्री दीनानाथ पाण्डेय
माता	:	स्मृति शेष निर्मला पाण्डेय
पति	:	पाठक प्रीतेश कुमार पीयूष
शिक्षा	:	स्नातकोत्तर (पर्यावरण विज्ञान), स्नातकोत्तर (प्राणी विज्ञान), बी.एड
साझा कृतियाँ	:	अनुभूति, अनामिका, कस्तूरी सुगन्ध (साझा काव्य संग्रह)
लेखन विधा	:	अध्ययन के दौरान ही निबंध और कहानियों की ओर झुकाव हुआ, धीरे धीरे मन नियमों में बंधना चाहा और छंदबद्ध लेखन के प्रयास में भी जुड़ गया, लघुकथा, आलेख, संस्मरण इस यात्रा में जुड़ते गए और सम्पूर्ण अनुभव को सार में कहें तो विधाएं जिनमे प्रयास रहा : छंदमुक्त काव्य, निबंध, लघुकथा, कहानी, संस्मरण, आलेख, छंदबद्ध और हाइकू ...प्रयास जारी है.....।
सम्मान	:	अनुभूति सम्मान, अनामिका सम्मान, विज्ञान प्रसार से राष्ट्रीय लेख प्रतियोगिता पुरस्कार।
ब्लॉग	:	http://ranusupu.blogspot.com
सम्पर्क	:	ग़ाज़ियाबाद उत्तर प्रदेश
ईमेल	:	ranusupu@gmail.com
फ़ोन	:	7503282391, 7635009196

अंतर (लघुकथा)

समाज अब बहुत आगे बढ़ चुका है, बहुत सारी कुरीतियों से मुक्त हो चुका है। बहुत सारे विभेदों को पाट चुका है, नही पाट पाया तो एक स्त्री और पुरुष का अंतर।

प्राकृतिक रूप से देखें तो यह विभेद ही इन दोनों स्वरूपों का अस्तित्व है, लेकिन समाज बंटता रहा कभी मातृसत्तात्मक तो पितृसत्तात्मक पक्षों में।

सूरज की पत्नी दर्द से कराह रही थी, 9 महीने के इंतज़ार के बाद आज फैसला ......,

बाहर सबके चेहरे एक दूसरे को देखते हुए एक डर छुपाये

लड़का या .....

दुनिया चाँद पर पहुंच जाए पर यह समय न बदल सकता।

इसी उहापोह के बीच एक मीठी सी किलकारी की आवाज़ आयी, यह आश्वस्त तो हो गए सब बच्चा ठीक है, अब बस दरवाजा खुले और खबर मिल जाये कि....

आखिरकार आशा आयी और बताया लक्ष्मी आयी हैं, मैं कहती हूँ लक्ष्मी ही क्यों हर बार ...काली सरस्वती और दुर्गा भी तो हो सकती हैं।

सूरज का चेहरा जैसे स्वीकार लिया मैने यह जिम्मा भी जल्द ही दूसरा प्रयास .....कुलदीपक के लिए, परिवार के सदस्यों की सहानुभूति भरी नज़र सूरज रेस में हारे हो पर अगली बार सफल होना। फिर लक्ष्मी का पीठ पूजा जाएगा भाई ले आएगी।।

पूजिये लड़क़ियों को बस सुरक्षित मत रखिये।।

क्रोध (लघुकथा)

सुबह के 9 बज रहे थे और घर बासी , न झाड़ू लगा था , और न पोंछा। रसोई में भी बर्तन के अम्बार लगे थे। कुसुम मन ही मन खीझ रही थी और काम करने वाली बाई की राह देख रही थी मानो आज वो आयी तो ....।

आधा घंटा और बिता फिर उसके मन में कितने सवाल उठे क्या मैं इतनी मजबूर हूँ इतने बर्तन न धुल पाऊँगी , क्यों मैं पूर्णत : आश्रित हो गयी हूँ बाई पर, इससे पहले , सब कुछ तो किया है मैने फिर आज क्यों हाथ बांधे इंतजार कर रही हूँ.. आदि आदि।

और न जाने कितने ख़्याल और इसी उधेड़बुन में बच्चे को बिस्तर पर छोड़ कुसुम रसोई में दौड़ी। धड़ाधड़ सारे बरतन धो डाले। अब झाड़ू लेकर कमरों की सफाई में लग गयी, अभी एक कमरा ही हुआ था कि10 बजे काम वाली बाई आ गयी। कुसुम ने कोई प्रतिक्रिया नहीं दिया। चुपचाप अपना काम करती रही। बाई को तो काटो तो खून नहीं। और घरों में तो देर हो जाये तो डाँट की पूरी डोज़ मिलती है यहाँ तो दृश्य ही अलग था। कान पकड़ कर उसने माफी मांगी।

"दीदी मैं कर रही हूँ, कल से देरी नही होगी...।"

कुसुम का मुन्ना भाई का आइडिया गाँधीगिरी अपनाना पूर्णतया सफल रहा।

(लेकिन कुसुम चुपचाप काम करती रही और बाई एकटक देखती रही।)

विवाह के लिए लड़की (छंदमुक्त काव्य)

विवाह के लिए लड़की चाहिए
कैसी
सुंदर हो दिखने में
रंग भी गोरा नाक खड़ी हो,
उम्र न ज्यादा बस अभी
यौवन की सीढी चढ़ी हो।
दुबली पतली सौम्य, सुशील
पढ़ा न हो बेटा तो क्या
लड़की खूब पढ़ी हो।
अन्नपूर्णा हो
हाथ लगते ही खाना हो जाये
स्वाद से भरा
न बने कभी कम, कभी ज्यादा
बातों के लहज़े हो,
संस्करों की धनी हो
सह जाए सारे आधात
दिल से पत्थर की बनी हो।
जो भी नियमें हो
चाहे कोई बंधन
मान ले आंख मूंद कर
न लगाएं कोई अटकन
घर के अंदर ही रहे
और निपुणता बाहर की भी हो,
जब जरूरत पड़े , जहां जरूरत पड़े
रहे वो अडिग रहे खड़े,
दोष कोई भी हो

किसी मे मुँह पर ताला लगाए
सबकी वाह – वाही करे
सबको सम्मान का माला पहनाए।
घर के काम पति का ध्यान
बच्चों का ख्याल और बड़ो की सेवा करे
स्वयं की इक्षाओं और
सपनो को दरकिनार करती जाए
है हर किसी की आकांक्षा
बहु के रूप में
इंसानी जिस्म में बस रोबोट मिल जाए।।

आलिंगन सफलता का

कैसे करे सफलता आलिंगन
जब तक मन न बने स्व अवगुण का दर्पण।

बंदिश मुक्त रखा बच्चों का बचपन,
आस संजोए मात-पिता मन ही मन।
उभरे बच्चों में हर तरह के सद्गुण,
पाबंदियों के बिन आये कहाँ से गुण।

उड़ता मन चाहे सदा उन्मुक्त गगन,
मुक्त मन को बांध न पाए बंधन।
चित ठहरे तो संजोए सब सद्गुण,
और त्यागे अन्तस् के सारे अवगुण।

बिना तपस्या कहाँ से पाएं ज्ञान गहन,
तज के सारे मोह करने होंगे बड़े जतन।
खुद की कमियों का कर स्वयं मनन,
प्रगक्ति पथ पर निरंतर रहे मन।

न रोक न टोका न बाँधा कभी मन।
कैसे करें भला सफलता आलिंगन।।

उम्र की ढल रही है शाम

जिनके लिए ताउम्र अपना सुख चैन गंवाया
आज उन्हें ही खुद से सबसे दूर पाया,
दवाइयों की सारी कड़वाहट सोख कर
जिनको अपना प्यार पिलाया,
आज उनसे ही सिर्फ मेरी दवाइयों
का न खर्च न उठ पाया,
अपनी सारे सपनो को जिनके लिए
जरूरतों तक सीमित कर लिए,
आज उसने ही अपनी जरूरतों
में से मुझे अलग कर खुद को स्व निहित कर लिए,
पालक और संरक्षक रहे हम
अपने प्रेम से सींचा है जीवन की बगिया को
फिर आज क्यों विवश और क्षिप्त रहे हम
क्यों करें अपनी आंखों की कोरे नम
थोड़े कमजोर जरूर हैं
पर मन से मजबूत रहेंगे,
प्रेम मिले तो प्रेम से रहेंगे,
अन्यथा किसी पर बोझ क्यों बनेंगे,
आत्मस्वाभिमान से स्वयं के साथ खुश रहेंगे
दाता हैं हम सदा दाता ही रहेंगे,
प्रेम दिया है वंशजों को प्रेम ही देंगे
उम्र ढली है हमारा मनोबल न ढला है,
कितना भी बड़ा क्यों न हो जाये
एहसास तो होगा एक रोज
की वो मेरे गोद में पला है,
विवशताओं की सीमाएं तोड़ कर

हम उम्र के इस पड़ाव को खुशी से पार करेंगे,
बहुत प्यार किया है दुनिया से अब खुद से प्यार करेंगे
उम्र जरूर ढली है, पर सम्बल हैं
आत्मविश्वास ही हमारा बल है...
उम्र के इस पड़ाव पर यही है हमारा पैगाम
जियो इस आखिरी पड़ाव को जी भर
होने दो रिश्ते तमाम...
उम्मीदों से परे अपनी खुशियां चुन लाओ
जरूरतों में भुलाये थे जो सपने उन्हें फिर से बुन लाओ..
निराशाओं में न करो अपनी उम्र तमाम...
जियो ज़िन्दगी ऐसी की हो जाये वो सुहानी शाम...

दोहा - क्रम संख्या -1-5

1)
निकल पड़ा जो ढूंढने, पायी उसने राह।
मंजिल आके मिल गयी, जिसने भी की चाह।।

2)
लिखने का क्या फायदा, कलम अगर लाचार।
अंतस झकझोरे नही, तो फिर क्या उदगार।।

3)
दोनों दल ही खुश यहाँ, करता देश विलाप
जनता रो रो भर रही, किसे कहे संताप।।

4)
जिसके पीछे भीड़ है, वही सफल है आज।
प्रतिभा बैठी रो रही, है झूठों का राज।।

5)
भाव जमीनों के बढ़े, सस्ते हुए ज़मीर
सच्चे लोग फ़क़ीर हैं, झूठे बने अमीर

डॉ. निशा शर्मा

व्यक्तिगत परिचय

पिता	:	श्री R. K. शर्मा
माता	:	श्री मती स्वर्गीय प्रमोद शर्मा
जन्मतिथि	:	13/01/1987
जन्मस्थान	:	बरेली
शिक्षा	:	M. A. (हिंदी, इतिहास, राजनीति विज्ञान), M. Ed., M.C.A., पी. एच. डी.(इतिहास),
सम्प्रति	:	असिस्टेंट प्रोफेसर, इन्वर्टिस यूनिवर्सिटी, बरेली, ऊ. प्र.
प्रकाशित कृति	:	शारीरिक शिक्षा का इतिहास (Physical Education, Sports and National Education Policy), 8 नेशनल रिसर्च पेपर प्रकाशित।
सम्मान	:	Forever star India award (2020), Young achever award (2021), National writer award 2021 by Best achiever award
पता	:	199 आशीष रॉयल पार्क, रोहिलखंड मेडिकल कॉलेज के सामने, पीलीभीत बाई पास रोड, बरेली ऊ. प्र.
ईमेल	:	recruiternisha@gmail .com

नारी

इस ब्रम्हांड का जो सृजन करती है, सृष्टि के हर तत्व में जो विद्यमान है, ब्रम्हांड के हर छोटे बड़े कण में निहित है, यह कुछ और नहीं बल्कि एक ऊर्जा है ऐसी ऊर्जा जो मुझमे, आपमे, हम सभी में समाहित है। ग्रह- नक्षत्रों की जो गति है यह उसमे लगने वाली शक्ति है। यह लगभग सभी भावों में ब्रह्मांड की रचनात्मक शक्ति है। जीवन उसके गर्भ में शुरू होता है और उसके मार्गदर्शक की बदौलत ही फल फूल पाता है। संसार के संचालन में जो शक्ति है वो यही है। शक्तिरूपेण ऊर्जा के अभाव में शिव को भी शव की तरह चेतना शून्य माना गया है। कोई भी जीव, वनस्पति, पदार्थ एवं अन्य प्राकृतिक तत्व इस ऊर्जा से वंचित नहीं है। यह एक ऐसी ऊर्जा है जो सृष्टि के आदि से है और अंत तक यूँही बनी रहेंगी। इसी ऊर्जा के कारण आत्मा परमात्मा से जुड़ी रहती है और अंत में इसी प्रकृति में विलीन हो जाती है। यही वह ऊर्जा है जो हमे सदैव परम पिता परमेश्वर की अनुभूति कराती है। यही ऊर्जा सृष्टि के हर तत्व में सामंजस्य स्थापित करने का कार्य करती है। जिस मनुष्य ने भी इस ऊर्जा की अनुभूति कर इसका सदुप्रयोग किया है, उसके लिए यह ऊर्जा आशीर्वाद साबित हुई है परंतु जिस किसी ने भी इसका अपमान करने की चेष्टा की है, उसके लिए यह ऊर्जा सर्वनाश का कारण भी बनी है। सरल शब्दों में इसी ऊर्जा को हम नारीशक्ति कहते है।

भारतीय संस्कृति के सांख्य दर्शन के अनुसार समस्त ब्रह्मांड केवल दो तत्वों से ही निर्मित हुआ है, पहला पुरुष एवं दूसरा प्रकृति। इन दोनों तत्वों को हम शिव और शक्ति के नाम से भी जानते है। वैज्ञानिक भाषा में ये दो तत्व, "पदार्थ शक्ति" (matter) एवं "चैतन्य शक्ति" (energy) के नाम से प्रचलित है। ये दोनों तत्व एक दुसरे के पूरक है, एक के बिना दुसरा अधूरा है। सनातन मान्यताओ के अनुसार मानव देह का निर्माण प्रकृति के पंचतत्वों से हुआ है जो इस प्रकार है, पृथ्वी, जल, अग्नि, वायु, आकाश। मानव देह के भीतर एक आत्मा निवास करती है जिसे हम चेतना भी कहते है। यह चेतना कुछ और नहीं बल्कि पुरुष तत्व है। देह और आत्मा सिद्ध करती है कि प्रकृति और पुरुष एक दूसरे के अभिन्न अंग है और एक के बिना दूसरा अधूरा है। पुरुष और प्रकृति में जब कोई भी एक दूसरे से भिन्न हो जाता है तो किसी एक का अस्तित्व स्वतः ही समाप्त हो जाता है उदाहरण स्वरूप मानव देह से जब आत्मा अलग हो जाती है तो देह का अस्तित्व स्वतः ही समाप्त हो जाता है और इसी अवस्था को हम मृत्यु भी कहते हैं।

प्रकृति और पुरुष का रूपांतरित रूप हमारे समक्ष नर नारी के रूप में है। नर नारी समाज रूपी

गाड़ी के दो पहिये है यदि इनमें से एक निकल जाए, या उसे छोटा बड़ा कर दिया जाए तो गाड़ी नहीं चल पाएगी। नर नारी एक दूसरे के पूरक हैं दोनों का अस्तित्व समान रूप से है ना तो कोई छोटा है और ना ही कोई बड़ा। इस बात की सरल अनुभूति हमें उपनिषद् में प्रस्तुत भगवान अर्धनारीश्वर के स्वरूप से मिलती है। सृष्टि के निर्माण हेतु भगवान शिव ने अपनी शक्तियों को स्वयं से पृथक कर दिया था। शिव स्वयं पुल्लिंग के तथा उनकी शक्तियां स्त्रीलिंग की घोतक है। भगवान अर्द्धनारीश्वर का स्वरूप कुछ और नहीं बल्कि शिव और शक्ति का सम्मिलित रूप है जिसमें अर्धभाग में शिव है तथा अर्धभाग में शिवा या आदिशक्ति है। शिव ब्रह्मा हैं तो शक्ति सरस्वती। शिव विष्णु है तो शक्ति लक्ष्मी। शिव रूद्र है तो शक्ति महाकाली। अर्द्धनारीश्वर का स्वरूप हमें यह बताता है कि शक्ति शिव अभिभाज्य अंग है। शिव नर के घोतक हैं तो शक्ति नारी की। नर और नारी का अस्तित्व समुद्र के जल और उसकी लहरों की भांति ही है।

स्त्री और पुरुष शक्ति एवं शिव के स्वरूप ही माने गए हैं। ईश्वर ने स्त्री को कमल से अधिक कोमल, धरती सी सहनशील, वृक्षछाया की भांति प्रेमयुक्त और काली जैसा अत्यधिक रौद्र भी बनाया है। यही कारण है कि भारतीय उपासना में स्त्री तत्व की प्रधानता पुरुष से अधिक मानी गई है। स्त्री शक्ति की चेतना का प्रतीक है।

नारी के मुख्यत: दो मूल रूप है, पहला मातृभूमि अर्थात धरती जो नर-मादा सभी प्रकार की फसलों को ना केवल जन्म देती है, बल्कि अपने अमृतत्व स्नेह से पाल-पोसकर बड़ा करती है, सुखी समृद्ध भी बनाती है।

नारी का दूसरा रूप माता के रूप में मिलता है। माता यानी जननी। माँ की संज्ञा ईश्वर से बढ़कर मानी गई है, क्योंकि ईश्वर की जन्मदात्री भी नारी ही रही है। इसके संदर्भ में हम भगवान राम की माता कौशल्या, श्रीकृष्ण की माता देवकी और यशोदा, परशुराम की माता रेणुका और भगवान बुद्ध की माता महामाया आदि को देख सकते हैं।

नारी सत्ता के पूर्ण अस्तित्व की सामान्य स्वीकृति और सहयोग के बिना किसी राष्ट्र के नवनिर्माण की तो क्या उसके मूल अस्तित्व की कल्पना और रक्षा तक कर पाना संभव नहीं है।

हिंदी साहित्य के सर्वोच्च कवि जयशंकर प्रसाद जी ने भी अपनी पंक्तियों द्वारा नारी की महिमा का गुणगान किया है, जो इस प्रकार है -

नारी! तुम केवल श्रद्धा हो,
विश्वास रजत नग पगतल में।
पीयूष स्रोत सी बहा करो,

जीवन के सुंदर समतल में।।

नारी....... अर्थात नश्वर संसार की धुरी और धारा। युगो युगांतर से नारी को देवी का दर्जा प्राप्त है। भले ही वह सामान्य मानव देह नजर आती हो और पुराणों में वर्णित देवी-देवताओं के स्वरूप सी उसमें कोई विशेषता न हो, लेकिन है तो वह देवी स्वरूप ही। नारी पूर्णत: देवी ही रही जब तक उसके अस्तित्व को देवताओं से लेकर मनुष्य तक उचित सम्मान मिलता रहा। लेकिन समय की बदलती करवटों में जब उससे अपने होने का प्रमाण मांगे जाने लगा तब वे देवी ना रही बस नारी होकर रह गई।

मनुस्मृति में नारी के संबंध में एक कथन है-

यत्र नार्यस्तु पूज्यन्ते रमन्ते तत्र देवता:।
यत्रैतास्तु न पूज्यन्ते सर्वास्वत्राफला: क्रिया:।।

अर्थात जिस स्थान पर स्त्रियों की पूजा की जाती है और उनका सत्कार किया जाता है, उस स्थान पर देवता सदा निवास करते हैं और प्रसन्न रहते हैं। जहाँ ऐसा नहीं होता, वहाँ सभी धर्म और कर्म निष्फल हो जाते हैं।

नारी जो जीवनदायनी है, प्रेम और करुणा का सागर है, त्याग की प्रतिमूर्ति हैं, उच्च आदर्शों की पहचान है, उसके संग सदैव हमारे पुरुष प्रधान समाज ने अन्याय ही किया है। प्रतीत होता है कि हमारे पौराणिक ग्रंथों की बातें केवल कहने-सुनने के लिए ही थी। नारी के प्रेम, करुणा, त्याग, सहनशीलता, कोमलता आदि सभी गुणों के बावजूद हमारे धूर्त समाज ने नारी को अबला की संज्ञा दी है किंतु वह अबला नहीं सबला है।

जो नारी सर्जनकर्ता है, संकटनिवाचन है, जो समाज में सर्वप्रथम संस्कार का बीज बोती है, जिसने केवल देना ही सिखाया है, साधारण मनुष्य को महामानव तक बनाया है, इतना सब होने के बाद भी उसके साथ ऐसा दुर्भाग्य क्यों? क्यों सदैव समाज ने उसे घृणा भरी नजरों से देखा है? क्यों सदैव समाज ने उसके संग इतना अन्याय किया? क्यों समाज ने सदैव उस पर इतनी बंदिशें लगायी? क्यों समाज ने सदैव उसके चरित्र पर प्रश्नचिन्ह लगाया है?

समाज ने नारी को सदैव एक उपभोग की वस्तु ही समझा है या यूं कहें कि एक खिलौना मात्र, जब जिसका मन हुआ उस खिलौने से खेल लिया और जब मन भर गया तो फेंक दिया।

राष्ट्रकवि मैथिलीशरण गुप्त ने अपने काल में बड़े ही संवेदनशील भावों से नारी की स्थिती को

व्यक्त किया है–

"अबला जीवन हाय तुम्हारी यही कहानी,
आंचल में है दूध और आँखों में है पानी।"

ये पंक्तियाँ किसी भी व्यक्ति के मन को झकझोर कर रख सकती है। कदाचित सत्य तो यहीं है कि कोई भी परिवार, समाज अथवा राष्ट्र तब तक सच्चे अर्थों में प्रगति की ओर अग्रसर नहीं हो सकता जब तक वह नारी के प्रति भेदभाव, निरादर अथवा हीनभाव का त्याग नहीं करता है।

जिस प्रकार जल को हथेली में रख पाना असंभव है, ठीक उसी प्रकार नारी के महान व्यक्तित्व की विवेचना शब्दों में कर पाना बेहद ही मुश्किल है।

नारी करुणा, क्षमा, स्नेह, ममता एवं विश्वास की देवी है, उसकी पुरुष के जीवन में अत्यंत महत्वपूर्ण भूमिका है। छायावादी कवि पंत ने भी उसे देवी, माँ, सहचरी, प्राण कह कर अपनी श्रद्धा व्यक्त की है।

नारी के पास ऐसे दैवीय गुण है जिनके अधीन स्वयं ईश्वर भी है। नारी के सबसे पवित्र रूप माँ की ममता से स्वयं परमपिता परमेश्वर भी वंचित न रह सके, इस का सर्वोच्च उदाहरण हमें भगवान राम और माता सबरी की लीला से मिलता है, कि किस प्रकार माता सबरी प्रेम और करुणा से युक्त झूठे बेर भगवान राम को खिला रही थी और श्रीराम भी बड़े चाव के साथ खा रहे थे। यह एक ऐसी घटना है जो नारी के मातृत्व रूप का वर्णन युगों-युगांतर तक करती रहेंगी।

भारतीय संस्कृति में भगवान श्रीराम आदर्श और मर्यादा की प्रतिमूर्ति हैं। उनका जीवन इतना त्यागपूर्ण रहा, कि आज भी जन-साधारण उनसे प्रेरणा लेते हैं परन्तु हम भगवान श्रीराम को सही सम्मान नहीं दे पा रहे है, उनकी शिक्षाओं को नहीं अपना रहे हैं। यह तथ्य किसी से छिपा नहीं है कि श्रीराम नारी शक्ति का कितना अधिक सम्मान करते थे, फिर चाहे वह मानव देह रूपी नारी हो या प्रकृति में व्याप्त नारी शक्ति। अपने 14 वर्ष के वनवास को पूर्ण करने के बाद राम जब अपने राज्य पहुंचे, तब सर्वप्रथम उन्होंने मातृभूमि अयोध्या को नमन किया और कहा....

"जननी जन्म भूमिश्च स्वर्गादपि गरीयसी"

अर्थात जननी (माता) और जन्मभूमि स्वर्ग से भी महान है।

यह बताता है कि प्राचीन भारतीय संस्कृति में हम प्रकृति रुपेण नारीशक्ति का कितना अधिक सम्मान करते थे। प्रकृति के हर तत्व जल, भूमि, अग्नि, वायु, वृक्ष, जीव आदि सभी की वंदना

करते थे। परंतु दुर्भाग्यवश समय के बदलते पड़ाव के संग हमारे पुरुष प्रधान समाज की सोच अत्यंत तुच्छ हो गई। पहले जो मानव नारी शक्ति की वंदना क्या करता था, अब वही मानव अपने स्वार्थ एवं अनुचित महत्वकांक्षाओं के चलते नारी शक्ति का अत्यधिक उत्पीड़न कर रहा है। मानव आज जिस अधिकता को अपना विकास समझने की चेष्टा कर रहा है, कदाचित वह तो उसके विनाश का मार्ग है। मानव हल चलाकर एवं अत्याधिक कीटनाशकों का प्रयोग करके भूमि के हृदय को चीर रहा है परंतु प्रकृति आज भी मानव को दे ही रही हैं। प्रकृति आज भी अपने प्रेम, त्याग, करुणा वाले स्वभाव पर अटल है, परंतु हमें यह नहीं भूलना चाहिए कि परम पिता परमेश्वर ने नारी शक्ति को रौद्र रूप भी दिया है और जिस दिन ये रौद्र रूप जागृत हो गया उस दिन क्या मानव और फिर क्या उसकी आधुनिकता!

मानव ने अपने अहंकार के वशीभूत होकर नारी का जो अपमान किया है, उसकी तो कोई सीमा ही नहीं है। एक नारी को सदैव अपना चारित्रिक प्रमाण देना पड़ा है कभी अपने पिता को, कभी अपने पति को, तो कभी संपूर्ण समाज को। नारी को सदैव जिम्मेदारियों के बोझ तले दबाया गया है, यही कारण है कि आज 21 वीं सदी में भी हम अपना पूर्ण रूप से विकास नहीं कर पा रहे।

एक नारी जब किसी की पत्नी बनती है तब, उस व्यक्ति के घर केवल एक स्त्री ही नहीं बल्कि गौरी, लक्ष्मी, सरस्वती तीनों महादेवीया निवास करती है, एक पतिव्रता स्त्री बेहद ही शक्तिशाली होती है। यदि वे चाहें तो नियमों को बदल भी सकती है।

इसका सर्वोच्च उदाहरण हमें सावित्री के रूप में देखने को मिलता है जो अपने पति की रक्षा के लिए स्वयं मृत्यु के स्वामी यमराज से भिड़ गईं और अंत में अपने पति के प्राणों की रक्षा की। इसलिए किसी भी दृष्टि से नारी को कम नहीं आंका जा सकता। यदि हम इतिहास की ओर नजर डालें तो देखेंगे कि रामायण और महाभारत के युद्ध का मूल कारण नारी का अपमान ही था। कोई भी व्यक्ति नारी शक्ति का अपमान कर प्रसन्न नहीं रह सकता, फिर चाहे वह कितना भी धार्मिक कार्य क्यों न कर लें।

माता सीता, द्रौपदी, सावित्री, अहिल्या, मीराबाई, लक्ष्मीबाई, सावित्रीबाई फूले आदि अनेक महिलाएं नारी शक्ति का सर्वोच्च उदाहरण है। परन्तु इतिहास मे अनेको ऐसी महिलाएं भी हैं जिन्हें उनका सही स्थान प्राप्त नहीं हुआ, जैसे रामायण में श्री लक्ष्मण की पत्नी उर्मिला, भगवान बुद्ध की पत्नी यशोधरा, चंद्रशेखर की माता जागदेनी देवी इत्यादि। रामायण में देवी उर्मिला के त्याग, सेवा, प्रेम और निस्वार्थ भक्ति को कम आंका गया है, जबकि सत्य यह है कि उर्मिला का त्याग और समर्पण अतुलनीय था, अनमोल था। वनवास में श्री लक्ष्मण जब श्रीराम के साथ चले गए, तब देवी

उर्मिला ने पूरे 14 वर्षों तक अपने पति के वियोग में जिंदगी बितायी। यह उर्मिला का अखंड पतिव्रता धर्म ही था की उन्होंने कभी भी किसी अन्य पुरुष की तरफ नहीं देखा। उर्मिला के महान चरित्र अखंड पतिव्रत स्नेह और त्याग की चर्चा रामायण में जितनी होनी चाहिए थी उतनी न हो सकी।

दूसरा संदर्भ देवी यशोधरा का है। भगवान बुद्ध के विषय में तो जगजाहिर है किंतु क्या विश्व बुद्ध की पत्नी देवी यशोधरा से अवगत है। यशोधरा के त्याग और समर्पण की तो कोई सीमा ही नहीं है। भगवान बुद्ध के गृहत्याग के बाद माता यशोधरा ने अपना जीवन अत्यंत साधारण बना लिया, उन्होंने महलो के सभी सुखों को त्याग दिया और भूमि पर आसन बिछाकर सोने लगी। किन-किन विषम परिस्थितियों में माता यशोधरा ने बिन पिता के अपने पुत्र राहुल का लालन पालन किया होगा, उसकी कल्पना करना भी अत्यंत दुखदायी है। इतने त्याग और समर्पण के बाद भी देवी यशोधरा को इतिहास में सही स्थान प्राप्त न हो सका।

ठीक इसी प्रकार महान क्रांतिकारी शहीद चंद्रशेखर जी की माता जाग देनी देवी का भी वर्णन है। चंद्रशेखर के शहीद होने के कई महीने बाद उनकी माँ को पता चला कि अब वो नहीं रहे। वो उनके इकलौते पुत्र थे। गांव के लोगों ने उनका बहिष्कार कर दिया था। उन्हें डकैत की माँ तक कहकर बुलाया जाता था। अपना पेट पालने के लिए वो जंगल से लकड़ी काटकर लाती थी, तब कहीं जाकर उन्हें दो वक्त की रोटी नसीब होती थी। चंद्रशेखर और उनकी माता के त्याग और समर्पण को शब्दों में समेट पाना असंभव है, इतने महादान के बाद भी उनकी माता को इतिहास में तनिक भी स्थान प्राप्त नहीं है।

आज भी हमारे समाज में ऐसी अनेकों नारीशक्तियां हैं जिन्हें उनका सही सम्मान नहीं मिल पा रहा है। हम प्रतिवर्ष नवरात्र का पर्व बेहद उत्साह के साथ मनाते हैं, 9 दिन तक कन्याओं की देवीयों की तरह पूजा करते हैं, परंतु नौ दिनों को छोड़कर साल के अन्य 356 दिन हम उस नारी शक्ति का तिरस्कार करते हैं कदाचित हम ऐसे पर्व के नाम पर केवल ढकोसलेबाजी कर रहे हैं। बेशक मध्यकाल के मुकाबले आज महिलाओं की स्थिती बेहतर है परंतु हमारा समाज अभी भी बलात्कार, दहेज, हत्या, उत्पीडन भूर्णहत्या, भेदभाव आदि दुष्कर्मो से भरा पड़ा है। हमारा पुरुष प्रधान समाज न तो मानवरूपी नारी शक्ति का सम्मान करता है और ना ही प्रकृति रूपी नारी शक्ति का।

नि:संदेह आज 21 वीं सदी में हम नियमो में परिवर्तन करके महिलाओं की स्थिती में सुधार कर रहे हैं, किंतु सही मायनों में हम आज भी नारी शक्ति का सम्मान नहीं कर रहे हैं। स्वतंत्रता प्राप्ति के बाद हमारे संविधान में महिलाओं को कानूनी अधिकार प्रदान किए हैं किंतु ने सामाजिक अधिकार आज भी प्राप्त नहीं है। 1966 में इंदिरागांधी देश की प्रथम महिला प्रधानमंत्री, सुचेता

कृपलानी यूपी की प्रथम मुख्यमंत्री, किरण बेदी प्रथम महिला आईपीएस, कमलजीत सिंधु एशियन गेम्स में प्रथम गोल्ड पदाधिकारी, बछेंद्रीपाल एवरेस्ट पर प्रथम भारतीय महिला, मदर टेरेसा को नोबेल पुरस्कार, फातिमा बीवी प्रथम महिला जज सुप्रीम कोर्ट, मेधापाटकर सामाजिक कार्यकर्ता जैसी अनेक महिलाओं ने पुरुषवादी समाज को धूर्त साबित करते हुए अपनी बुद्धिमता, नेतृत्व क्षमता और सामर्थ्य का परिचय या है और इतिहास में अपना नाम स्वर्णाक्षरों में अंकित करवा दिया।

समय के बदलते पड़ाव के संग नारियों ने साबित किया है कि वे पुरुषों के सम्कक्ष नहीं बल्कि उनसे बेहतर है हमारा पुरुष प्रधान समाज कितना भी आधुनिकता में क्यों न जी, ले कितना ही तकनीकी विकास क्यों न कर लें, किंतु यह सब व्यर्थ है यदि वह नारी शक्ति का सम्मान नहीं करता है।

हिंदी के महान साहित्यकार मुंशी प्रेमचंद का एक कथन है कि–

“यदि पुरुष नारी के गुण अपना ले तो वह देवता बन जाता है किंतु यदि नारी पुरुष के गुण अपना ले तो वह राक्षस बन जाती है।”

यह कथन हमें पुरुष की तुच्छ मानसिकता से भलीभाँति अवगत कराती है। हमें यह कदापि नहीं भूलना चाहिए कि नारी शक्ति यदि कमल की तरह कोमल है तो वह परमाणु की तरह विस्फोटक भी है। यदि वह एक रूप में गौरी बनकर परिवार को संभाल सकती है तो दूसरे रूप में रणचंडी बनकर सर्वनाश भी कर सकती है। यदि नारी लक्ष्मी की तरह अत्यन्त धैर्यवान है तो काली की तरह संहारक भी है।

नारी शक्ति का क्रोधित रूप हमें अक्सर प्रकृति के गर्भ में उत्पन्न आपदाओं के रूप में देखने को मिलता है। यह तो शुरुआत मात्र है उसके क्रोध की। इन आपदाओं के जरिए नारी शक्ति की मानव सभ्यता को चेतावनी है कि अभी भी समय है संहार को रोकने का अन्यथा कहीं ऐसा न हो कि नारी शक्ति के धैर्य की सीमा ही समाप्त हो जाए और सृष्टि का अंत सुनिश्चित हो जाए।

संसार में संस्कार का बीज बोने वाली नारी शक्ति को पतित कर समाज स्वयं का पतन कर रहा है, क्योंकि वह स्वयं की जड़ें काट रहा है, अपने सृजनकर्ता भगवान की जड़ें काट रहा है, नारी सर्जनकर्ता है और यही उसका सर्वोत्तम दैवीय गुण हैं। तो क्यों न समय रहते इसे सहेजा जाए, तो क्यों न नारी को नारायणी बनने से रोका जाए।

अंत में नारी शक्ति के संदर्भ में मैं इतना ही कह सकती हूँ –

"तू गंगा है, तू पार्वती है।
तू ही दुर्गा, तू ही लक्ष्मी का अवतार हैं।
तू माधुरी है, तू कालिका है।
तू सरस्वती है, तू ही रेणुका है।
तू सीता है, तो द्रोपदी है।
तू सती है, तू ही उर्मिला है।
तू निश्चिल है, तू पावन है।
तू इस ब्रह्मांड की रचनात्मक शक्ति है।
तू ही सर्वभूतों की स्वामिनी है।
और तू ही पतितो की पालनहार है।
माँ तुझे डॉ निशा का कोटि-कोटि नमस्कार है!!

चेतना अग्रवाल

व्यक्तिगत परिचय

शिक्षा	:	बीएससी, बी.एड, वोकेशनल गाइडेंस में विशेष योग्यता, एक साल का बेसिक कंप्यूटर कोर्स
पुरस्कार	:	'राष्ट्रीय कवि संगम' द्वारा आयोजित 'राष्ट्रीय राम-काव्य प्रतियोगिता' में पूरे गुजरात प्रान्त में प्रथम! इसी राष्ट्रीय प्रतियोगिता के सेमी फाइनल में पंजाब, चंडीगढ़, राजस्थान और गुजरात में तृतीय स्थान!
रचना प्रकाशन	:	हाल ही में 'द ग्राम टुडे' अखबार में "छठ पूजा' और "सर्दी के मज़े" कविताओं का प्रकाशन! ऑनलाइन ई-बुक में निरंतर रचनाओं का प्रकाशन! साहित्यिक संस्था 'शब्दाक्षर' की काव्य विविधा में ऑनलाइन काव्य पाठ कर अनेकों रचनाओं का पठन! अन्तररिष्ट्रीय काव्य मंच, 'कर्मभूमि', " "काशी कविता मंच", 'राष्ट्रीय कवि संगम' की सक्रिय सदस्या! साहित्यिक, सामाजिक गतिविधियों में रुचि! विश्व के सबसे बड़े वर्चुअल ऑनलाइन काव्य 'मेला कोंच काव्य कुम्भ' के आयोजन और संचालन में सक्रिय योगदान! देश के कोने कोने से कवियों को इस कुम्भ में शामिल कराने में सहयोग!
भ्रमण	:	भारत के सभी प्रमुख स्थानों के अतिरिक्त सिंगापुर, मलेशिया, फिलीपीन्स, ऑस्ट्रेलिया, अमेरिका के प्रमुख नगर वाशिंगटन, बोस्टन, न्यूयार्क, म्यानमार का भ्रमण!

संपर्क	:	9033059014
E-mail	:	agarwal.saritaa@gmail.com

नारी शक्ति को मेरा नमन

बचपन से जवानी तक
मायके से ससुराल तक
औरत ही है क्यूँ असुरक्षित?
मर्दों पर वो क्यों है आश्रित?
मात्र फूलों का नहीं ये चमन
नारी शक्ति को मेरा है नमन।
सोचो मत तुम कमतर हो
सच यह है तुम बेहतर हो
थकती नहीं कभी भी तुम
बहती रहती सदा ही तुम
खुशियों से भरती सबका दामन
नारी शक्ति को मेरा है नमन।
लिफ्ट में कभी जो तुम फँस जाओ
सारे फ्लोर के बटन दबाओ
सड़क पर हमला ग़र हो जाए
डीओ और चिल्ली स्प्रे आजमाओ
कर दो दुश्मन को अब दफन
नारी शक्ति को मेरा है नमन।
तुम दुर्गा हो तुम चंडी हो
सब मर्दों की तुम जननी हो
कहते जो तुम्हें कमज़ोर
मन के वो सब है चोर
करो बलात्कारी को अब तुम ख़तम
नारी शक्ति को मेरा है नमन।

मेरी प्यारी माँ के नाम

आज का यह खास पैगाम
मेरी प्यारी माँ के नाम
मेरी यह दिल की बात
मेरी प्यारी माँ के नाम।
प्रेम की अनुभूति हो तुम
त्याग की प्रतिमूर्ति हो तुम
कर दूँ अब यह दिल और जान
मेरी प्यारी माँ के नाम।
ईश्वर की एक देन हो तुम
एक बड़ा वरदान हो तुम
सीता, सती, यशोदा मान
मेरी प्यारी माँ के नाम।।
सादा जीवन अनमोल विचार
तुम हो मेरा एक उपहार
सखी- सहेली या एक भ्रात
मेरी प्यारी माँ के नाम।
प्रार्थना अराधना सिखाया तुमने
संयम शांति समझाया तुमने
करूँ याद अब सुबह -शाम
मेरी प्यारी माँ के नाम।
जीवन तेरा उत्सव बन जाए
आशीर्वाद सदा तेरा पायें
करते तेरा हर पल सम्मान
मेरी प्यारी माँ के नाम।

छठ पूजा का यह त्योहार

छत्तीसगढ़ और बिहार में
उमड़ी ख़ुशी की है फुहार
प्रेम की वर्षा करता जग में
छठ पूजा का यह त्योहार।
कार्तिक मास की षष्ठी के दिन
शुभ घड़ी यह आती है
बनता है सूप बाँस का,
गन्ने की खीर भी बनती है
मीठे की वर्षा करता घर में
छठ पूजा का यह त्योहार।
पहले दिन सब नहाए खाए
दूजा दिन खरना कहलाए
नदी घाट पर लगता मेला
साल में यह दिन दो बार आए
लाए मस्ती की बहार
छठ पूजा का यह त्योहार।
छटव्रत स्त्रियाँ व्रती कहलातीं
सुबह –सुबह तैयार हो जाती
मंगल चौकी सप्रेम सजातीं
सूर्य व कात्यायनी पर ध्यान लगातीं
करता श्रद्धा का संचार
छठ पूजा का यह त्योहार।
व्रती की हर कामना हो पूरी
लालसा न रह जाए कोई अधूरी
जल में खड़ी व्रती भक्ति करे पूरी
लाए संयम और उपकार
छठ पूजा का यह त्यौहार।

अजीज दोस्त

सबसे प्यारी सबसे न्यारी
अज़ीज़ दोस्त हमारी।

जन्मदिन पर आपको
जी भर के में दुआएं दूँ।
हो कितनी आप खास
आज ये कैसे मैं कहूँ।
केशव की प्रियतमा ही आपको लिखूँ
या बेस्ट बेकर और बेस्ट कुक लिख दूँ।
बोलो ना, क्या मैं आपको आज कह दूँ।

खास जन्मदिन के अवसर पर
क्या मैं तोहफा दूँ?
ऑनलाइन चंद फूल ही भिजवा दूँ।
या ऐगलेस केक भी दे दूँ।
या फकत एक जन्मदिन का संदेश ही व्हाट्सएप्प पर दे दूँ।

मुस्कुराहट पर आपकी
हम सब हैं फ़िदा।
जब तक रहेगी साँस
तब तक रहोगी याद।
देते हैं बस ये वादा।
हसीन सफ़र ये आपके साथ,
बिताने का इरादा।

साथ परिवार के आप

घूमने खूब जाएंगे।
हर मनपसंद जगह
मौज मस्ती मनाएंगे।
हाँ, हाँ वॉयसिंग स्टूडियो
भी जरूर बनाएंगे।
कोने- कोने में देश
विदेश के धूम मचायेंगे।
बस और क्या चाहिए
हमको इससे ज्यादा।

तो चलो सजो –सँवरो
और तैयार हो जाओ।
जिंदगी की नई पारी
खेलने को मैदान में आओ।
नऐ सिरे से नई जिन्दगी
देती तुमको आज दस्तक।
रह ना जाये दिल में
कहीं तुम्हारे कोई कसक।

ले लो जमाने की ढ़ेरों दुआयें।
जन्मदिन की अनंत शुभकामनायें।
जन्मदिन की अनंत शुभकाकमनायें।

तुम्हारी दीवानी
दोस्त चेतना

एक दीवाली ऐसी मनाएँ

दिए तो हम खूब जलाते।
हर साल दिवाली मनाते।
पटाखे भी खूब जलाते।
क्यों धू -धू, प्रदूषण बढ़ाते?
चीनी पटाखे कतई ना लाएँ।
एक दिवाली ऐसी मनाएँ।

काम वाली से काम
भले ही खूब कराएँ।
घर को अपने खूब सज़ाएँ।
त्यौहारों पर बिठा कर उनको,
पकवान प्रेम से जरूर खिलायें।
उनके परिवार के लिए,
कुछ काम का गिफ्ट जरूर ले आयें।
घर आँगन में उनके रोशनी फैलाएँ।
एक दीवाली ऐसी मनाएँ।

गाड़ी में बैठ रोशनी देखने जब जायें।
अतिरिक्त सामान के पैकेट साथ ले जाएँ।
रास्ते में जब रेड लाइट या झुग्गी आये।
ज़रूरत मंदों जो हों, वहाँ,
कुछ सामान उन्हें बाँट आयें।
चेहरे पे उनके मुस्कान खिलाएँ।
एक दिवाली ऐसी मनाएँ।

हर दिल को प्रेम से जगमगाएँ।

हर घर में खुशियाँ भर जाएँ।
बुज़ुर्गों का घर के आशीर्वाद पाएँ।
पकवान मिठाइयां सबको खिलाएँ।
देहरी पड़ोसी की भी दिए से सजाएँ।
अँधेरा कही भी रहने न पाए।
एक दीवाली ऐसी मनाएँ।

जाने क्यों लगाते हैं आग पटाखों में।
क्यों उगलते हैं जहर हवाओं में।
न हो वायु और ध्वनि प्रदूषण।
पटाखों और बम से दूर रहें हम।
क्यों न इस बार गुब्बारे ही फोड़ें सब।
भूल सारी ही सुधारें अब।

एक दीवाली ऐसी मनाएँ।

हाँ! यह मेरे बचपन की बात है।

हाँ! यह मेरे बचपन की बात है।
जब मैं पैदल ही रोज स्कूल जाती थी।
चलते फिरते नये -नये दोस्त बनाती थी।
मम्मी वाला टिफ़िन स्कूल में खाती थी।
संगीत के टीचर स्कूल में नए आये थे।
शानदार कव्वाली का प्रस्ताव वो लाये थे।
सुनकर खुशी से रहे थे हम डोल।
कव्वाली के रहे होंगे कुछ ऐसे बोल
"उठो साथियों समय नहीं है,
ये सेवा सत्कार का।
आज चुकाना है ऋण हमको,
भारत माँ के प्यार का।"
हाँ! यह मेरे बचपन की बात है।
मेरा स्कूल की छुट्टी के बाद रुक जाना।
चटपटी मूंगफली और मुँह में पानी आना।
कभी कच्ची इमली कभी चिप्स खाना।
गोलगप्पे की तो बिल्कुल याद न दिलाना।
वरना आ जाएगा, ज़ोर ज़ोर से मुझे रोना।
हाँ! यह मेरे बचपन की बात है।
छुट्टी के दिन मेरा, स्कूल मे खेलने आना।
आम्बी के टुकड़े पाकर खुशी से फूल जाना
झाड़ियों में छुप के बैठना और घर बनाना।
फूल पत्तियाँ चुनना, गुड्डे गुड़िया सजाना।
गुड़िया को ड्रेस बना बना के पहनाना।
हाँ! यह मेरे बचपन की बात है।

छुट्टियों में नानी के घर धमाल मचाना।
खुले आँगन में सबके साथ बैठना।
लंबी सी बैठक में रात को
बिस्तर सबके बिछ जाते थे।
उसके ऊपर चढ़ कर हम
सब धमा चौकड़ी मचाते थे।
हाँ! यह मेरे बचपन की बात है।
मौसी शहर मे बाजार जब जाती थीं।
अक्सर ही वो हमको न ले जाती थीं।
लौटते हुए तोहफे जरूर ले आती थीं।
छज्जे पर चढ़कर सारे मस्ती करते थे।
चुन्नी पहन कर खूब डांस किया करते थे।
हाँ! यह मेरे बचपन की बात है।
नानी के खेतों में जब जाते थे।
गन्ने तोड़ तोड़ कर हम खाते थे।
पेड़ पर आम के हम चढ़ जाते थे।
चुनते थे सब अपनी मनपसंद डाली,
फिर अंत्याक्षरी का दौर जमाते थे।
हाँ! यह मेरे बचपन की बात है।
पापा मेरे थे बैंक के ब्रांच मैनेजर,
ऊपर स्टेट बैंक के घर होता था हमारा।
छत पे चलाते थे खूब साइकिल।
दिखता था बैडमिंटन कोर्ट का नज़ारा।
गुलाबों की क्यारियाँ सजती थीं चहुँओर।
हाँ! यह मेरे बचपन की बात है।
पापड़, चिप्स मम्मी हमें खिलाती थीं।
घर के नाश्तों की पार्टी हो जाती थीं।
शशि आँटी अक्सर घर आ जाती थीं।

नहीं करना पड़ता था उन्हें कोई फ़ोन।
थोड़ी नीची रखते थे हम अपनी टोन।
हाँ! यह मेरे बचपन की बात है।
हर एक पल मेरे बचपन का,
है मेरी ये अनमोल पूँजी।
गर्व करूँ बचपन पर अपने,
सहेज कर दिल में रखूँगी।
बचपन अपना ना भूलूँगी।
हाँ! यह मेरे बचपन की बात है।
हाँ! यह मेरे बचपनकी बात है।

मेरी उलझन सुलझाओ ना

रंग-रंगीली छैल-छबीली, सुरीली सखियों आओ ना।
अपनी प्रिय सखी की यह उलझन,
आकर तुम सुलझाओ ना।
मेरी उलझन सुलझाओ ना।
देखो न कितनी तिकड़म भी लगाती हूँ।
करती गुणा-भाग जोड़ती और घटाती हूँ।
कुछ कमाल फिर भी न लिख पाती हूँ।
कभी खाना भी रसोई में जलाती हूँ।
मेरी उलझन सुलझाओ ना।
बगिया में तितली संग दौड़ में लगाती हूँ।
कभी भौरों संग रात में बतियाती हूँ।
कितने ताने-बाने सपनों में बुनजाती हूँ।
कैसे लिखूँ की उधेड़बुन में डूब जाती हूँ।
मेरी उलझन सुलझाओ ना।
ठहरी मैं विद्यार्थी विज्ञान की,
पाला साहित्य से नहीं पढ़ा है।
अनुभव से जो कुछ है सीखा,
देखो मैंने वही लिखा है।
मेरी उलझन सुलझाओ ना।
बोलो न बाजार कौन से तुम जाती हो?
शब्दों का अपूर्व भंडार कहाँ से लाती हो?
प्यार पिरोती जादुई माला कैसे बनाती हो।
जज़्बातों को हथियार कैसे बनाती हो?
अश्रु को कलम की धार कैसे बनाती हो?
प्यारी सखियों आओ ना, मेरी उलझन सुलझाओ ना।

जन्मदिन की शुभकामनाएं

भाभी, जन्मदिन की शुभकामनाएँ।
सुनो ना, आज मेरे दिल की भावनाएँ।
जब से तुम सबकी दुनिया में हो आयी,
खुशियों की जैसे बारात साथ हो लायी।

नई नई जब आयी थी,
कितनी थी तुम भोली।
सीखा सब कुछ धीरे धीरे,
सम्भाली हमारी पूरी टोली।

मम्मी करती थीं बस,
तुम्हारा ही रोज बखान।
खुशी से फूली न समाती,
सुनकर मैं तुम्हारा गुणगान।

व्यंजन बना कर खिलाना,
कोई सीखे मीनाक्षी तुमसे।
मेहमानवाजी में हो तुम अब्बल,
मैं भी रही हूँ तुमसे पीछे।

बच्चों पर लुटाती सदा ही प्यार,
सिखाया है खूब शिष्टाचार।
मधुर रखती सबसे व्यवहार,
तुम हो एक अनमोल उपहार।

देखो, आज आया है,

दिन बहुत ही खास।
मेरी प्यारी भाभी सुन लो,
ना होना तुम कभी उदास।

देख तुम्हारी खिलखिलाती हँसी,
हम सबका दिल खिल जाये।
खुशियों का खज़ाना तुम्हारी,
देहरी से कभी ना जाये।

सबसे खूब बतियाती रहो,
सदा ही चहचहाती रहो।
कलम का जादू बिखराती रहो,
पटल को महकाती रहो।

अभी तो सफर हुआ है शुरू,
कितने ही मुकाम है अभी पाना।
ले लो हमारी भी शुभकामना,
तुम हमको भूल ना जाना।

प्यारी, प्यारी, भाभी हमारी,
मम्मी दे रहीं, ढेरों आशीर्वाद।
सभी बड़ों का तुम्हें साधुवाद।
जन्मदिन की बधाई।
जन्मदिन की बधाई।

तुम्हारी दीदी

डॉ. भाविका जैन

व्यक्तिगत परिचय

जन्म तिथि	:	24 नवम्बर 1977
पति	:	ललित जैन
शिक्षा	:	एम .ए (इतिहास, राजनीति विज्ञान), एम .एड, पी .एच .डी (शिक्षा)
व्यवसाय	:	असिस्टेंट प्रोफ़ेसर (राजनीति विज्ञान)
सम्प्रति	:	व्याख्याता, गृहणी, लेखिका, कवयित्री
लेखन विधा	:	कविता, गज़ल, डायरी लेखन आदि
प्रकाशित कृतियाँ	:	काव्य मंजरी (साझा काव्य संकलन) उड़ान (साझा काव्य संकलन) पलाश (साझा काव्य संकलन)
पता	:	503 अरावली हाइट्स उदयपुर (राजस्थान)
ई मेल	:	bhavikajain503@gmail.com
दूरभाष	:	9460507485

आहिस्ता

कैसे कहूँ क्या लगे है मुझको ?
वो शाम का ढलना आहिस्ता
गीले दुल्हन के बालों से यूँ
बून्दों का ढलना आहिस्ता

याद करूँ वो वक्त कभी
वो साथ उनका वो उनके हाथ
होली पर मेरे गालों पर उनका
वो गुलाल का मलना आहिस्ता।

हमसफ़र कभी न बन सके पर
कुछ वक्त का वो हसीन साथ
नंगे पाँव हाथ थामकर
ओस पर चलना आहिस्ता।

रात हँसी, वो ख्वाब हँसी
और सिरहाने तस्वीर यार की
वो शोख़ अंगड़ाई कातिल और
वो करवट बदलना आहिस्ता।

यूँ हाथ उनका कमर पर हो
और ठोकर हजारों राहों में
अच्छा लगे है मुझको यूँ
गिरकर सम्भलना आहिस्ता।

सिलसिला

पहले तस्वीर थी आँखों में
फिर तस्सवुर हर वक्त
यूँ शुरू हुआ था उनसे
जज़्बातों का सिलसिला।

नींद खो गयी अपनी और
चैन नदारद उनका भी
हर रोज़ नयी बेगानी सी
वो रातों का सिलसिला।

एक आदाब प्यार से ओ
दरख्ते गुलमोहर समा-ए-शाम
एक अन्जाने शख्स से
वो बातों का सिलसिला।

अब वो मेरे अपने थे
फिर भी कुछ शै अन्जाना
डर अजनबी लिए दिल में
वो मुलाकातों का सिलसिला।

उनका आना -जाना गली में
ख्यालों में बजी फिर शहनाईयां
फिर क्यों न हुआ उनसे
वो बारातों का सिलसिला।

अकेली हो गई हूँ मैं

वही रोज़ की बातें और
वही रोज़ घबराहटें
कैसे सँभालूँ खुद को अब
अकेली हो गई हूँ मैं।

पहले वो थे साथ में
हर मुश्किल भी आसां थी
कैसे समझाऊँ खुद को अब
अकेली हो गई हूँ मैं।

वही सुबह है सूनी सी
वही रात अंगारों सी
कैसे मनाऊँ खुद को अब
अकेली हो गई हूँ मैं।

आकर उनकी महफिल में
तन्हा खुद को कर लिया
क्या कहलाऊँ खुद को अब
अकेली हो गई हूँ मैं।

मेरे साथ ही क्यों होता है
हर वक्त मैं ही बेबस क्यों?
कहाँ ले जाऊँ खुद को अब
अकेली हो गई हूँ मैं।

औरत हूँ कमज़ोर नहीं हूँ

हर पल फ़ख्र ही होता है
मेरी हस्ती एक औरत की है
अब भी तो समझ जाओ मुझे
औरत हूँ कमज़ोर नहीं हूँ।

हर बार तोहमतें सहती गयी
हर बार हुयी मैं शर्मिन्दा
ताकत है अब इरादों में
किसी अंगुली की डोर नहीं हूँ।

पैर ज़मीं पर नज़र फलक पर
बुलन्दी से कदम बढ़ाती हूँ
थामा है खुद को हर मुद्दे पर
अब मै गली का शोर नही हूँ।

मुझमें भी है आवाज़ कि
सर उठाना मैं भी जानती हूँ
सुबह से लेकर रात तलक
बताइये मुझे किस ओर नहीं हूँ।

डोर नहीं हूँ शोर नहीं हूँ
हर तरफ हूँ कमजोर नहीं हूँ
मुझे सुना है जब सबने तो क्या
अब भी कहेंगे पुरज़ोर नहीं हूँ।

रिश्ते दरकने लगते हैं

रात ढलकर दिन हुआ अब
ये दिन भी ढलने लगते हैं
हम साथ हो कर भी साथ नहीं
पल यूँ ही सरकने लगते हैं।

अन्जाने ही कुछ टूटने लगा
उस कुछ मे हम भी थे मगर
चोट लगती है शाख पर तो
परिन्दें भी उड़ने लगते हैं।

कोई शख्स नहीं पास अब
उम्मीद-ए-दिलासा कुछ नहीं
इश्क के हवा होते ही दिल
खण्डहर से ढहने लगते हैं।

लब सिले सिले से और
निगाह भी थमने लगी
सांस उखड़ने लगी कि अब
जिस्म भी सिहरने लगते हैं।

मेरी ही थी बदगुमानी
अपना उन्हें समझा किए
जब खामोशी हो दरमियाँ
तो रिश्ते दरकने लगते हैं।

डॉ. राजरानी अरोड़ा

व्यक्तिगत परिचय

जन्म तिथि	:	05/8/1968
जन्म स्थान	:	रेवाड़ी (हरियाणा)
पिता	:	मेघराज अरोड़ा
माता	:	शीला देवी
शिक्षा	:	एम. ए. हिंदी, शिक्षा, नेट- हिंदी, पी. एच. डी. (शिक्षा)
सम्प्रति/कार्य	:	प्रधानाचार्य
लेखन विधा	:	लेख, कविता
प्रकाशित कृतियाँ	:	विभिन्न पत्र पत्रिकाओं में रचनाओं का स्वतंत्र लेखन प्रकाशन जैसे- शिविरा, अभ्युदय, मरु- नवकिरण, जगमग दीपज्योति, कविता-कानन, काव्यमंजरी।
प्राप्त सम्मान	:	शाला प्रेरक सम्मान, भामाशाह सम्मान, कला-रत्न सम्मान, शत प्रतिशत बोर्ड परीक्षा परिणाम सम्मान, विद्यालय विकास श्रेष्ठ कार्य सम्मान, राज. राज्य भारत स्काउट गाइड जिला सीकर सम्मान, देहदान एवं रक्तदाता सम्मान, कोरोना सेवार्थ सम्मान, विकलांग सहायता सम्मान।
पता	:	महात्मा गाँधी राजकीय विद्यालय खंडेला, सीकर, राज.
ईमेल	:	rajraniarora066@gmail.com
दूरभाष	:	9460863798

संस्मरण : एकलव्य की गुरुदक्षिणा

गुरुर्ब्रह्मा : गुरुर्विष्णु : गुरुर्देवो महेश्वर : ।
गुरुर्साक्षात् परब्रह्म तस्मै श्री गुरुवे नम : ।।

ब्रह्मा विष्णु और महेश की प्रतिमूर्ति परम श्रद्धेय गुरुवर को सादर नमन। गुरुशिष्य परंपरा का निर्वहन करने वाले गुरुश्रेष्ठों में कौरव पांडव के गुरु द्रोणाचार्य और एकलव्य की गाथा सर्वविदित है। चंद्रगुप्त और चाणक्य, शिवाजी और रामदास जैसे अनेक गुरुशिष्यों को हम सब जानते हैं। भारतीय इतिहास, धर्म संस्कृति में गुरु का स्थान सदैव पूजनीय रहा है। रामायण महाभारत काल हो या फिर आधुनिक काल, गुरु का स्थान हर युग में सर्वोत्तम रहा है। राजनैतिक दृष्टि से देखें तो अनेक राजवंश हुए हैं जिनकी समस्त शासन व्यवस्था उनके गुरु के द्वारा संभाली जाती थी। अनेक गुरु पात्रों को इतिहास के मुख्य किरदारों में गिना जाता है। इतिहास गवाह है इन गुरुश्रेष्ठों के शिष्य जब अपनी कला और ज्ञान का प्रदर्शन करते थे तो गुरुजनों का सीना गर्व से बड़ा हो जाता था। वर्तमान परिप्रेक्ष्य में गुरु का स्थान शिक्षक ने ले लिया है। कल्पना, आचरण, व्यवहार, धर्म और संस्कृति सब वही है परंतु युगानुरूप गुरु शिष्य के संबंध तत्कालीन रह गए हैं।

शिक्षक और शिक्षार्थी का संबंध महज औपचारिक शिक्षा तक सीमित रह गया है। शिक्षा समाप्त होते ही रास्ते अलग अलग हो जाते हैं। अर्थोपार्जन की कवायद में भौतिक सुख समृद्धि की कामना में सामाजिक संबंध भी प्रभावित हुए हैं अर्थात गुरु शिष्य संबंध युगानुरूप परिवर्तित हो गए हैं तथापि कतिपय शिष्य अपने गुरुजनों का मान सम्मान वर्धन करते हुए मन वचन और कर्म से गुरु शिष्य परंपरा का निर्वहन करते हैं। प्रत्येक शिक्षक अपने शिष्यों की सफ़लता। में अपनी सफ़लता देखता है वह चाहता है कि उसका शिष्य उत्तरोत्तर प्रगति करे योग्य नागरिक बने और अनेक पीढ़ियों का निर्माता बने। इस लेख के माध्यम से गुरु शिष्य परंपरा के सजीव अनुभव प्रस्तुत कर अपने गुरुजनों के प्रति कृतज्ञता ज्ञापित की गई है।

जीवन रूपी रंगमंच पर मेरे जैसी तुच्छ पात्र भी हैं जो अपने गुरुजनों को एकलव्य जैसी दक्षिणा देने में असमर्थ है परंतु सदैव गुरुवंदना में शब्द रूपी श्रद्धा सुमन उनके चरणों में समर्पित करती हूँ। सफ़ल जीवन लक्ष्य को प्राप्त होती हुई आजीवन उनकी ऋणी रहूँगी। शिष्य एक कोरी स्लेट और शिक्षक उस पर भविष्य रूपी ककहरा लिखने वाला विधाता होता है। वास्तव में शिष्य रूपी कच्ची मिट्टी के घड़े को कुम्हार रूपी शिक्षक तपाकर पकाकर ठंडे जल भरने योग्य सत्पात्र बनाता

है जो मानव जीवन की प्यास बुझाने योग्य बनता है। मैं भी कच्ची मिट्टी का वह घड़ा थी जो किस्मत की ठोकरों से टूट चुकी थी। मैं 1985 में10 वीं उत्तीर्ण करते ही अध्ययन से विमुख हो कर सामाजिक बंधनों का जीवन यापन करने लगी परंतु जीवन में असामयिक घटनाओं से बिखर चुकी थी। परिवार की ममता रूपी छाँव और गुरुजनों के स्नेहाशीर्वाद ने घड़े की इन किरचों को पुनः जोड़ने का अमूल्य योगदान दिया। पंक्तियां उल्लेख करना चाहती हूँ--

"जीवन में कुछ करना है तो, मन को मारे मत बैठो।
आगे आगे बढ़ना है तो, हिम्मत हारे मत बैठो।।"

कहते हैं दुनियां का सबसे बड़ा जेवर आपकी अपनी मेहनत है परंतु कई बार उचित मार्गदर्शन के अभाव में मेहनत निष्फल हो जाती है। कभी सहयोग की कमी तो कभी आत्मविश्वास का डगमगाना। प्रतिकूल परिस्थितियां हमारे विश्वास को विचलित कर देती हैं। हम हताश होकर बैठ जाते हैं और लक्ष्य को पाने में असमर्थ महसूस करते हैं। हम स्वयं अपने भविष्य का निर्माण करते हैं फिर इसे भाग्य का नाम दे देते हैं। विपरीत परिस्थितियों में मैं भी अपने भाग्य को कोसने पर मजबूर हो गई थी मगर शीघ्र ही गुरुजनों के आशीर्वाद से पुनः शिक्षा रूपी मार्ग पर कदम रख जीवन को नए सिरे से जीने का प्रयास करने लगी। कहा भी गया है--

कड़ी से कड़ी जोड़ते जाओ, तो जंजीर बनती है।
मेहनत पर मेहनत करते चले जाओ, तो तकदीर बन जाती है।।

मैं भी कड़ी मेहनत करते हुए स्वप्रेरणा से स्वाध्याय में लीन हो गयी, गुरुजनों की प्रेरणा को स्वीकार कर आगे बढ़ने लगी। नाम उल्लेख करना चाहूंगी परम श्रद्धेय गुरु श्री गंगा प्रसाद शास्त्री जी, व्याख्याता अंग्रेजी राजकीय जी. डी. रुईया उ. मा. वि. रामगढ़ शेखावाटी का जिन्होंने पुनः शिक्षा की राह पर चलने का न केवल मार्ग प्रशस्त किया अपितु पितातुल्य स्नेहाशिर्वाद व आत्मबल भी प्रदान किया। उनकी शिक्षा -दीक्षा से नए जीवन की मंजिल के प्रथम पायदान को पार किया। दीर्घ अंतराल के बाद स्वयंपाठी परीक्षार्थी के रूप में उच्च माध्यमिक परीक्षा 1991 में उत्तीर्ण की। तत्पश्चात गुरुबहिनें श्रीमती सीता हरितवाल एवं श्रीमती मंजु मिश्रा सेठ आर.एन. रुईया बा. उ.मा.वि रामगढ़ शेखावाटी की सदैव ऋणी रहूँगी जिन्होंने प्रशैक्षिक मार्ग से अवगत कराया अर्थात एस. टी .सी .का महत्व बताया और मैंने उनकी प्रेरणा से नियमानुसार 2 वर्षीय एस. टी

.सी. प्रशिक्षण प्रथम श्रेणी से 1993 में उत्तीर्ण किया। उल्लेख और सादर नमन करूंगी गुरुवृन्द श्री राधेश्याम शर्मा जी प्राध्यापक डाईट सीकर जिन्होंने राजकीय सेवा के लिए पथ प्रदर्शन किया और मैंने मई 1994 में राजकीय सेवा में पदार्पण किया। आप सभी की अकथनीय प्रेरणा से मैंने जीवन रूपी मार्ग के द्वितीय सोपान को सफलता पूर्वक पार किया और आत्मनिर्भर बनने का पथ प्रशस्त हो गया। अब मैं अबला नहीं सबला थी। मैं उस प्रारंभिक जीवन संघर्ष की परिणति हूँ कि जीवन में उच्च पद, मान -मर्यादा और प्रतिष्ठा के इस मुक़ाम को पा सकी हूँ।

किसी ने कहा है "-जिस मनुष्य में आत्मविश्वास नहीं है वह शक्तिमान होकर भी कायर है और पंडित होकर भी मूर्ख है।"

राजकीय सेवा में पदार्पण करते ही मुझमें इतना आत्मविश्वास बढ़ गया कि मैं उच्च से उच्चतम शैक्षिक/ प्रशैक्षिक योग्यता हासिल करने के स्वप्न देखने लगी। उच्च महत्वाकांक्षा से लबरेज़ लग्न परिश्रम और स्वाध्याय के बल पर प्रारंभिक शिक्षक होते हुए उच्च शिक्षा के विद्यार्थियों को शैक्षिक मार्गदर्शन करने में सक्षम हो गई।

मैंने सदैव राजकीय सेवा को मानवसेवा की भावना से देखा। अपने हर शिष्य को योग्य नागरिक बनाने का हर सम्भव प्रयास किया। बच्चों में मुझे अपनी संतान के दर्शन होते थे। विद्यार्थियों में निज संतान का भाव सदैव चिरस्थायी रहेगा। मेरी ममत्व भावना की पूर्ति वहां होती रही। शिक्षक धर्म के साथ सामाजिक उत्तरदायित्वों का भली भांति निर्वहन करते हुए निरंतर प्रगतिशील रही। गुरुजनों के मार्गदर्शन से मनसा- वाचा -कर्मणा सिद्धांत को अपना कर शांत प्रवृत्ति के साथ कछुआ चाल चलते हुए उच्चतम शिक्षा की ओर अग्रसर रही। कहा भी गया है --

हर परिस्थिति में शांत रहने वाला निश्चित ही शिखर को छूता है।" मैंने इस पंक्ति को पूर्णतया चरितार्थ कर दिखाया। न्यूनतम शिक्षा माध्यमिक 1985 से उच्चतम शिक्षा पी. एच. डी. 2018 और प्रारंभिक शिक्षक 1994 से प्रधानाचार्य पद 2018 तक पहुंच कर शिक्षक सेवा के शिखर को छू लिया अर्थात दसवीं उत्तीर्ण बालिका पी. एच .डी. धारक डॉ राजरानी अरोड़ा प्रधानाचार्य बन गयी।

मेरे जीवन की तमाम सफलताएं मेरे गुरुजनों एवं गुरुबहिनों को सादर समर्पित हैं। उनके लिये मेरे हृदय के अन्त:स्थल में असीम श्रद्धा है और सदैव रहेगी। मेरा जीवन कृतार्थ हुआ, ये शब्द रूपी श्रद्धा सुमन ही मेरे गुरुजनों के लिए गुरु दक्षिणा है।

राष्ट्रीय शिक्षा नीति1986 के अनुसार अध्ययन का औचित्य - "शिक्षकों को सड़क पर पड़े पत्थर की तरह स्थिर होकर नहीं रह जाना है। उसे तो मील का वह पत्थर बनना है जिसे देख कर

शिक्षा संसार के यात्री अपनी मंजिल की दूरी का अंदाजा लगा सकें।"

निश्चित ही मैंने उस मील का पत्थर बनने का आजीवन अथक प्रयास किया और सफ़ल भी रही हूँ। मेरे शैक्षिक प्रशैक्षिक एवं राजकीय सेवा के छोटे बड़े सहयात्री मुझे प्रेरणा स्वरूप देखते हैं ऐसा मुझे आभास होता है। यही मेरे असीम सुख की अनुभूति है। कोई मुझसे प्रेरणा लेकर अपने जीवन को उत्तरोत्तर प्रगति की ओर ले जाता है, यह मेरे लिए गर्व की बात है। मेरी योग्यता के पात्र में सदैव अवसरानुकूल ज्ञान की बूंदें धीरे -धीरे निरंतर वृद्धि की ओर अग्रसर होती रहती हैं। मैंने यदि शिक्षक धर्म का पालन पूर्ण निष्ठा से किया है तो योग्य शिष्यों ने हमारा भी सिर गर्व से उन्नत किया है। डॉ राधाकृष्णन कहते हैं-

"शिक्षक छात्र का ही मार्गदर्शन नहीं करता बल्कि राष्ट्र का भी मार्गदर्शक होता है।"

शिक्षाविद के उक्त विचारों को अत्यल्प अंशभर भी साकार कर पायी हूँ तो मैं अपने अपको गौरवान्वित समझूँगी। धीरता, वीरता, उदारता, दया, कृपा, करूणा रूपी मानवीय गुण अपने विद्यार्थियों में जाग्रत कर सकें यही हमारा शिक्षक धर्म है। गुरुजनों के साथ अपने कर्म में श्रद्धा व निष्ठा होनी चाहिए। बिना श्रद्धा के ज्ञान नहीं होता। श्रद्धा हमारी मनः स्थिति को स्थिर करने में सबसे बड़ी सहायक है। श्रद्धा ही हमको स्थिर करती है।

गुरुपूर्णिमा के पावन अवसर पर सम्पूर्ण शिक्षक वर्ग के प्रति श्रद्धावनत हूँ। जीवन की विकट परिस्थितियों को लांघकर सफ़लता के उच्च शिखर तक पहुंचना बहुत आसान नहीं होता। मुझे सर्वदा शिक्षक समुदाय, उच्च अधिकारी वर्ग, परिवार व स्नेहीजनों से संबल मिलता रहा और मैं निरंतर सफ़लता के प्रयास करती रही। व्याख्याता जैसे उच्च पद पर चयनित होने प्रक्रिया में दो बार अधूरी सफ़लता मिली, निराश और हताश भी हुई मगर फिर नई उम्मीद का दामन थाम कर जूझने की प्रवृत्ति बनी रही। अन्ततः 'देर आए दुरुस्त आए' वाली कहावत सही साबित हुई। ईश्वर की असीम अनुकंपा, दया, रज़ा और गुरुकृपा से इस मुक़ाम को हासिल करने का लक्ष्य पूर्ण हुआ।

किसी व्यक्ति के परिश्रम का असली मूल्य उसे मिलने वाला पारिश्रमिक नहीं है बल्कि वह मुक़ाम है जो उसे वह कार्य करने के बाद हासिल होता है। जीवन सिर्फ आंसू बहाने के लिए नहीं है संघर्षों का सामना करके जीना होगा और आगे बढ़ना होगा। यही मानव जीवन की श्रेष्ठता है। साहित्यिक पुस्तकें मेरे जीवन की प्रेरणा रही हैं अबला और असहाय स्त्री के लिए एक उदाहरण अवश्य देना चाहती हूँ--

"स्त्री होना कोई अपराध नहीं है पर नारीत्व की आंसू भरी नियति स्वीकार करना बहुत बड़ा

अपराध है। अपनी नियति को बदल सको तो वह एकलव्य की गुरुदक्षिणा होगी।" –प्रभा खेतान (छिन्नमस्ता)

वास्तविक रूप में मेरा सफ़ल जीवन ही मेरे गुरुजनों के लिए एकलव्य की गुरुदक्षिणा है। मैंने गुरु प्रेरणा से अपनी नियति को बदल दिया। लगभग 27 वर्षीय दीर्घकालिक सेवा में अनेक विद्यार्थी योग्य, सफ़ल और उच्च पदों पर आसीन देखे हैं। उनके हृदय में असीम श्रद्धा अनुभूत हुई। गुरुशिष्य धर्म की सनातन परंपरा को यथोचित सम्मान देने का यथेष्ठ प्रयास ही हमारे शिक्षक जीवन की सफ़लता है। यही हमारे जीवन की पूंजी है। मैंने शिक्षण सेवा धर्म को निभाते हुए मानव सेवा धर्म में भी अल्प प्रयास किया जिसके तहत मैंने स्वास्थ्य विभाग के विद्यार्थियों के लिए 'देहदान' भी कर दिया।

इस प्रकार विद्यार्थियों के लिए सर्वश्रेष्ठ समर्पित करने का प्रयास किया। शिक्षक सेवा को मानव सेवा से जोड़ते हुए समस्त शिक्षक वर्ग को अभिनंदन करते हुए अंतिम पंक्तियों के शब्द सुमन –

"सब धरती कागज़ करूँ, लेखनी सब बनराय।
सात समुद्र की मसि करूँ, गुरुगुन लिखा न जाय।।"
–कबीर

नारी तू नारायणी

नारी समाज की वह धुरी है जिसके इर्द गिर्द समाज का ताना-बाना बुना जाता है। स्त्री और पुरूष जीवन रूपी रथ के दो पहिये हैं यदि एक पहिया भी चरमरा जाए तो जीवन की गाड़ी नहीं चल सकती। सत्य है लेकिन आज के भौतिक वादी युग के पुरूष प्रधान समाज में नारी के महत्त्व को स्वीकार करने की बात पुरुषों के गले नहीं उतरती। वेदों- पुराणों में कहा गया है -

"यत्र नार्यस्तु पूज्यन्ते, रमन्ते तत्र देवता :"

यह उक्ति वैदिक और पौराणिक काल तक तो ठीक थी मगर मध्यकाल तक आते-आते स्त्रियों की दशा शोचनीय हो गयी। आचार्य हजारीप्रसाद द्विवेदी ने अपने उपन्यास 'बाणभट्ट की आत्मकथा' में नारी विषय पर चिंतनीय अभिव्यक्ति दी है। उनके शब्दों में - "क्या संसार की सबसे बहुमूल्य रचना इसी प्रकार अपमानित होती रहेगी।"

क्यों न आज के संदर्भ में इस कथन पर चिंतन किया जाये। तत्कालीन समय में नारी केवल भोग की वस्तु मात्र थी। राजा विलासिता पूर्ण होते जा रहे थे, सामाजिक कुरीतियां, बाल-विवाह, पर्दा- प्रथा, बहु -विवाह जैसी असंख्य समस्याएँ समाज को पतन की ओर ले जा रही थी। धीरे-धीरे राष्ट्र में शिक्षा का प्रचार- प्रसार तीव्र होता गया। सामाजिक जन-जागरणों से जनता में चेतना विकसित होने लगी। शास्त्र बताते हैं कि हर युग में पुरूष की सफ़लता के पीछे स्त्री का हाथ होता है। माँ, पत्नी, बहिन और बेटी हर रूप में उसने अपनी भूमिका बखूबी निभाई है। इतिहास गवाह है कि धाय माताएं भी राजपुत्रों के लिए अपने पुत्रों का बलिदान देती रही हैं परंतु नारी जाति की अस्मिता का प्रश्न आज भी सिर उठाये खड़ा है। जब समाज में आये दिन इतनी दिल दहलाने वाली घटनाएँ सुनने को मिलती हैं तो सिर शर्म से झुक जाता है। इसलिए ये कहना ठीक है-

छीनता हो स्वत्व कोई और तू,
त्याग तप से काम ले यह पाप है।
पुण्य है विच्छिन्न कर देना उसे,
बढ़ रहा तेरी तरफ़ जो हाथ है।।

क्या यही है भारत की संस्कृति जहाँ पवित्र नदियों और पत्थरों की मूर्तियों में भी माँ का अक्स देखा जाता था। यही वीर शिवा की भूमि है, जहां शत्रु पक्ष की औरत को माँ समान आदर सत्कार

और तुच्छ भेंट कह कर सिंहासन पर बैठाया जाता था। कहा जाता था- 'नारी तू नारायणी'।

कहाँ गई वह संस्कृति? ऐसा लगता है कि धर्म और नीति की मान्यता का बोया जाने वाला बीज घोर रसातल में दब चुका है। कलम कहती है पुराने बंध तोड़ दो, पुराने छंद मोड़ दो। ये कहना ठीक होगा –

ना अबला ना अरी अनादर, ना अविश्वास की मारी।
मरण हेतु नहीं बड़भागन, कुछ करन हेतु है नारी।।

आज आवश्यकता इस बात की है कि नारी अपनी शक्ति को पहचाने और अपनी क्षमता का सदुपयोग करें। चकमक कब जानता है कि उसमें अग्नि छिपी है जो प्रचंड विस्फोट भी कर सकती है। नारी भी असीम शक्तियों और संभावनाओं से परिपूर्ण है। वह जीवन की विभिन्न परिस्थितियों से डटकर मुकाबला कर आगे बढ़ सकती है क्योंकि संघर्ष ही जीवन है। अपने अस्तित्व की रक्षा के लिए लड़ाई लड़ने को तैयार रहे। नारी को दिखाना होगा कि उसका भी कोई वजूद है जो इस सृष्टि के लिए उतना ही अनिवार्य तत्व है जितना पुरूष का। अफ़सोस तो इस बात का है कि समाज का बहुत बड़ा वर्ग नारी की उपेक्षा करता पाया जाता है। कभी धर्म के नाम पर तो कभी समाज के नाम पर नारी की कोमल भावनाओं के साथ खिलवाड़ किया जाता है। उस पर घोर अत्याचार किए जाते हैं। अब विद्रोह के स्वर उठने को आतुर हैं। क्रांतिकारी चेतना का उद्घोष करते हुए शलभ श्री रामसिंह लिखते हैं –

"हमारे हाथों को अब किसी तेज धार वाले चाकू और जलती हुई मशाल की जरूरत है।"

बहुत ठीक लिखा है ताकि इन पापियों का संहार किया जा सके, नरकगामी बनाया जा सके। आज के भौतिक वादीयुग में नारी को अपना महत्व समाज के सामने स्थापित करने की महत्ती आवश्यकता है। कह दो कि नारी केवल भोग्या नहीं है वरन योग्या है। समाज की निर्मात्री है, एक नई पीढ़ी की रचनाकार है और उसे भी मानव जीवन जीने का पूर्ण अधिकार है। लिंग भेद की नीति को मिटाकर पक्षपात रहित धरातल पर रखिए नारी को, फिर देखिए वह पुरुष से हर क्षेत्र में अग्रणी रहेगी। हर क्षेत्र में महिला पुरूष का कंधे से कंधा मिलाकर चलने लगी है फिर नारी जाति का यह अपमान क्यों? मानवीय रिश्तों की हत्या पर अरुण कमल की यह व्यंग्यात्मक पंक्तियाँ

दृष्टव्य हैं–

"माँ बहनों की इज्जत लूटी जिन लोगों ने, उनकी जय हो।
खून बहाया मासूमों का जिन लोगों ने, उनकी जय हो।
दाँत गड़ाने को जो व्याकुल उन कुत्तों की, जय हो, जय हो।"

धैर्य, क्षमा, शील और सदाचार की पुजारिन इस देवी पर अपने ही घर में घोर अत्याचार होना पाया जाता है। अपनी इज्जत को बाजार में नीलाम होने से बचाने के लिए चुप रह जाती है और सहती रहती है असंख्य यातनाएँ। कहीं बेटियों का सौदा किया जाता है तो कहीं बेमेल विवाह के खूँटे से बांध दिया जाता है। अशिक्षित वर्ग में आज भी बेटियों को स्वतंत्रता व समानता का अधिकार नहीं मिल पाया है। समाज में सभ्यता का कमल खिलाने की आवश्यकता है। "स्यारों के स्पर्श से सिंह किशोरी कलुषित नहीं हो सकती और चारित्रहीनों के बीच वास करने से सरस्वती कलंकित नहीं होती।"–(बाणभट्ट की आत्मकथा)

द्विवेदी जी का यह कथन आज भी उतना ही सार्थक है। कीचड़ में कमल खिलकर अपनी सुवासित मुस्कान से देवताओं की शोभा बन सकता है तो पुरूष प्रधान समाज में नारी जीवन का पुष्प पल्लवित और सुवासित क्यों नहीं हो सकता? वह अपनी मधुर महक और मुस्कान से घर आँगन को क्यों नहीं सुवासित कर सकती? क्यों आज भी नारी निंदा की पात्र और उपेक्षा की शिकार बनती है? क्यों दूषित समाज में उसे हेय दृष्टि से देखा जाता है? यह दकियानूसी समाज अपने दिमाग के बंद दरवाजों और खिड़कियों को खोले तो जाने कि प्रभात की किरणें कितनी महकती और खिलती कलियाँ प्रस्फुटित करेंगी। ज्ञान के आलोक से बेटियां धरती पर आकाश की सतरंगी छटा बिखेरेंगी। नारी अपनी शक्ति को पहचान कर आगे कदम बढ़ाए, जमाना जरूर झुकेगा और स्वीकार करेगा। नारी शक्ति को उर्ध्वमुखी बनाने की आवश्यकता है। कवि की पंक्तियों का उल्लेख करते हुए–

हम में बंद है, हजार– हजार कमलों का पराग।

कोई जाने तो, अपनी ही पंखुड़ियों को खोलना।। मैत्रेयी, गार्गी, सीता, जीजाबाई, दुर्गावती, कर्मावती, लक्ष्मीबाई, मदर टेरेसा, फ्लोरेंस नाइटेंगल, इतिहास साक्षी है कि इन महिलाओं ने

राष्ट्र–भक्ति, धर्म, शिक्षा राजनीति, शासन हर क्षेत्र में अपने गुणों का लोहा मनवाया है। विशाल भक्ति–आकाश में एक मीरा बाई चंद्रमा के समान सुशोभित रही है और युगों –युगों तक रहेगी। असंख्य तारागणिकाओं के रूप में सहजोबाई जैसी भक्त कवयित्री समूचे आकाश को जगमगाती रहेगी।

आधुनिक साहित्यकार सुभद्राकुमारी चौहान, महादेवी वर्मा, कृष्णा सोबती, मन्नू भंडारी जैसी प्रखर लेखिकाएँ साहित्य जगत की सिरमौर बन चुकी हैं। कहा गया है–

"जिन खोजा तिन पाइयाँ, गहरे पानी पैठ।"

उक्ति पूर्णतया इन महिलाओं पर चरितार्थ होती है। आज ख्यातिप्राप्त महिलाओं की संख्या अगणित है। कल्पना चावला, सुनीता विलियम्स जैसी महिलाएँ विज्ञान के क्षितिज को छू चुकी हैं तो किरण देसाई जैसी महिला बुकर पुरस्कार का नज़राना प्राप्त कर चुकी हैं। प्रथम महिला आई . पी .एस .किरण बेदी पुलिस महकमे की सिरमौर रहीं, जिन पर देश भर को गर्व है। आज की नारी विज्ञान कला तकनीकी और व्यावसायिक हर क्षेत्र में अपनी योग्यता का लोहा मनवा चुकी है। ऐसे भारतीय समाज नारी किसी पुरूष की मोहताज कैसे हो सकती है? ऐसा कोई क्षेत्र नहीं जहाँ नारी ने अपनी प्रतिभा के परचम ना लहराए हों। राजनीति के क्षितिज पर सरोजनी नायडू, इंदिरा गांधी, प्रतिभा पाटिल और प्रभा राव जैसी शख्सियत किसी परिचय की मोहताज नहीं हैं। नारी प्रेम और सहयोग की आकांक्षिणी है और सम्मान की हकदार है। आने वाली पीढ़ियों में असीम संभावनाएं हैं, विराट आशाएं हैं। प्रख्यात साहित्यकार प्रेमचंद ने कहा था–

"मातृस्वरूपा स्त्री वंदनीया है।"

भावांजलि मातृ शक्ति को सादर समर्पित।

डॉ॰ वरुण प्रभा गुप्ता

व्यक्तिगत परिचय

जन्म तिथि	:	19-04-1986
शिक्षा और कार्य	:	मैंने डेण्टल सर्जन होने के साथ-साथ हॉस्पिटल क्वालिटी के क्षेत्र में भी कार्य किया है, साथ ही मैंने स्वास्थ्य के क्षेत्र से सम्बंधित और भी कई शैक्षणिक योग्यताएं प्राप्त की हैं।
लेखन विधा	:	लघुकथा, कहानी, कविता, उद्धरण, हायकू।
प्रकाशित कृतियाँ	:	आदरणीय पत्रिका "उड़ान" में लघुकथा, सम्मानित पत्रिका "साहित्यनामा" में लघुकथा और उद्धरण, "डॉन्ट बी पॉजिटिव" (Don't be positive) एंथॉलजी में कविता प्रकाशित हो चुकी है। साथ ही मैं एक राइटिंग चैलेंज का भी हिस्सा रह चुकी हूँ।
प्राप्त सम्मान	:	वुमेन एक्सेलेंस अवार्ड 2021-कविता लेखन के लिए।
पता	:	वाराणसी, उत्तर प्रदेश
ई मेल	:	varunprabhagupta@gmail.com
दूरभाष	:	9643755130
ब्लॉग पता	:	http://mannkasturi.blogspot.com
इंस्टाग्राम हैंडल	:	varunprabha.gupta

उद्धरण

1.

मन से कोमल, हृदय से निर्मल
मीठी बातें जो सब से कर लेती है
यहीं तक है सीमित, ऐसी भूल न करना
ये वही है जो दुर्गा, काली का रूप भी धर लेती है।

2.

इस कठिन जीवन के कंटीले रास्तों को
मखमली खुशबू से रोपना है
मत भूल... स्त्री है तू, तुझे ही तो घर, परिवार, संसार,
सबकी सोच को बदलना है।

3.

नव जीवन की हर साँस की शुरुआत
एक स्त्री से ही होती है,
और उसी की हर साँस अपने ही
अस्तित्व की मोहताज होती है।

4.

जीवन दायिनी है तू, जीवन संगिनी है तू
हर आस को साँस देने वाली जल-तरंगिणी है तू
आम नहीं बहुत खास है तू, ईश्वर का दिया हुआ विश्वास है तू
हर पीड़ा को मंद सी मुस्कान में बदलने वाली,
कोमल काया नहीं, लोहे की बनी है तू।

नारी हूँ मैं

हर दिन एक नई चुनौती से जूझती हूँ मैं
फिर भी बिना रूके अनवरत चलती हूँ मैं
कभी अपनों से हारती हूँ तो कभी स्वयं से जीतती हूँ मैं
हाँ...नारी हूँ मैं।

कोमल हूँ, निर्मल हूँ, चंचल हूँ मैं
त्याग की मूर्ति, प्रेम का भण्डार हूँ मैं
असीमित हूँ मैं...
निपुण हूँ, कृशानु हूँ, प्रचण्ड हूँ मैं
हाँ...नारी हूँ मैं।

सती हूँ, सीता हूँ, द्रौपदी हूँ मैं
लक्ष्मी हूँ, दुर्गा हूँ, काली हूँ मैं
प्रकृति ने जैसा चाहा, वैसा रुप धरा मैंने
बस बहती रही, तरंगिणी हूँ मैं
हाँ...नारी हूँ मैं।

प्रेम और वात्सल्य से सींचती हूँ मैं
तब इस वसुंधरा पर जीवन पुष्पों की क्यारियाँ खिलती हैं
इस धरा पर जीवन को लाने वाली धात्री हूँ मैं
हाँ...नारी हूँ मैं।

हायकू

1.

सुन्दर तन
कोमल मन और
नारी जीवन

2.

मेरी इच्छाएँ
सबकी अपेक्षाएँ
रिक्त आशाएँ

3.

त्याग की मूर्ति
ममता का भण्डार
शक्ति-सम्पन्न

4.

टूटी बंदिशें
खुला आसमान है
मैं उड़ चली।

उलझन

नारी के विषय में लिखना स्वयं अपने आप में एक बहुत बड़ी चुनौती है, क्योंकि नारी ही तो आदि है और नारी ही तो अंत है। लेखनी तो बस चलती ही जाएगी। मैंने बहुत सोचा कि आखिर नारी के किस पहलू का चुनाव करूँ अपनी इस चर्चा के लिए ?और फिर अंतत: मैंने सोचा क्यों न आज हम एक ऐसे धर्मसंकट या उलझन के बारे में बात करें, जिससे लगभग आज के समय की हर स्त्री जूझ रही है।

वर्तमान समाज में लगभग हर स्त्री सुशिक्षित हैं और बेहद जागरूक भी है। हर नारी एक स्वतंत्र सोच रखती है। लेकिन इन सब बातों के बावजूद भी कुछ ऐसा है जो हर नारी को एक खास समय पर थोड़ा

धर्मसंकट में डाल देता है, जिसके बारे में हम आगे बात करेंगे। अच्छा मैंने यहाँ स्त्री के सुशिक्षित, जागरूक और स्वतंत्र होने की तो बात कही है लेकिन कार्यरत (ऑफिस जॉब) होने की बात नहीं की है, जानते हैं क्यों... क्योंकि एक स्त्री या एक नारी तो इस संसार के शुरुआत से ही कार्यरत है, घर और परिवार की संपूर्ण ज़िम्मेदारियां तो हमेशा से नारी की ही होती हैं, और जब वो ऑफिस जॉब करती है तो फिर वो डबल कार्यरत होती है। ऑफिस जॉब में उसे वेतन मिलता है, वही घर के जॉब से उसे परिवार की समृद्धि और प्रशंसा मिलती है...या फिर शायद प्रशंसा मिलने का सुख सबको नहीं प्राप्त होता है, अफ़सोस। हाँ वैसे समय के साथ अब पुरुष भी हर ज़िम्मेदारी में अपनी सहभागिता देने लगे हैं, किन्तु नारी जीवन तो नारी जीवन ही है।

अब बात करते हैं उस विशेष घटना की जो नारी जीवन में काफी बदलाव ले आता है। जी... माँ बनना वो सुखद घटना है। दरअसल माँ बनने के बाद एक नारी के लिए न सिर्फ दुनिया बदलती है, बल्कि यूँ कहें कि उसके लिए तो ब्रह्मांड ही बदल जाता है। माँ बनना एक सुखद और दैवीय अनुभव है, परन्तु साथ ही साथ माँ बनना या न बनना या फिर कैसे बनना ये एक व्यक्तिगत चयन है। जब एक महिला माँ बनती है, तो ये उसकी प्राकृतिक प्रवृत्ति है कि वो सबकुछ भूल सिर्फ अपने बच्चे के विषय में ही सोचती है। और आज के समय में जब एक स्त्री की भूमिका घर और घर के बाहर दोनों ही जगह महत्वपूर्ण हैं, तो उसके जीवन में बदलाव का आयाम भी बड़ा है। उस मां को अपने ऑफिस जॉब को भी बनाए रखना है, सिर्फ वेतन के लिए ही नहीं परन्तु उस से जो आत्म विश्वास मिलता है उस के लिए भी, घर परिवार की ज़िम्मेदारियां भी उठानी हैं। बच्चे का पालन-पोषन भी भली-भाँति करना है, और स्वयं के भी शारीरिक और मानसिक स्वास्थ्य का भरपूर

ध्यान रखना है। क्योंकि उसके बिना बाकी सब मुमकिन नहीं होगा। अच्छा ये सबकुछ करना कोई मजबूरी नहीं है, बल्कि ये सब वो स्वयं करना चाहती है। परन्तु एक समय आने पर कभी-कभी वो थोड़ा उलझन में आ जाती है कि आखिर कैसे वो अपनी नन्ही सी जान को छोड़ के फिर से पंख फैलाए और आसमान की ऊँचाइयों को छूए। दरअसल संयुक्त परिवार का सुख आज के समय में हर किसी को प्राप्त नहीं है, अब अधिकतर एकल परिवार ही होते हैं और ऐसे में बच्चे को देखने के लिए सिर्फ़ माता और पिता होते हैं। और अगर दोनों ही कार्यरत होंगे तो बच्चे का ध्यान कौन रखेगा। अब न पहले जैसे संयुक्त परिवार हैं, न ही वो आस-पड़ोस है, न ही घर के पास में ही रहने वाले रिश्तेदार हैं, जहां पर माता पिता अपने बच्चों को कुछ देर के लिए बिना किसी झिझक के छोड़ सके। वैसे इस प्रकार के माहौल से बच्चों का भी विकास ज़्यादा बेहतर होता है। अब अगर ऐसे में मां को घर के बाहर भी कार्यरत रहना है तो कैसे रहे...किसी नैनी पर, बाहरी पर या फिर सीसीटीवी पर भरोसा कर के क्या होगा जब हम आए दिन का माहौल जानते हैं।

तो ये हमारी ज़िम्मेदारी बनती है कि हम एक ऐसे समाज का गठन करें, निर्माण करें जो एक महिला के सपनों को भी उड़ान भरने का बराबर मौका दे, जीवन भर का मौका दे, न कि एक नारी के सफलता को समयबद्ध कर दे।

डॉ. विशाखा बिस्सा

व्यक्तिगत परिचय

जन्म तिथि	:	9 अप्रैल 1982
जन्म स्थान	:	बीकानेर
पिता	:	स्व श्री बृजेन्द्र बिस्सा
माता	:	श्रीमती पुष्पा बिस्सा
शिक्षा	:	एम ए /पी एच डी
सम्प्रति	:	सहायक प्रोफेसर हिन्दी विभाग
लेखन विधा	:	कथा साहित्य
प्रकाशित कृतियाँ	:	1.भारतीय सिनेमा का साहित्यिक सौंदर्य 2. सदी का हिंदी सिनेमा और साहित्य 3.शशि प्रभा शास्त्री के उपन्यासों में नारी चित्रण 4. लोकभाषा और लोकसाहित्य पर वैश्वीकरण का प्रभाव एवं अनेक पत्र-पत्रिकाओं में प्रकाशित शोध-पत्र, समीक्षाएं व आलेख।
प्राप्त सम्मान	:	UEM यूनिवर्सिटी द्वारा हिन्दी साहित्य में बंगाल की महिलाओं का रचनात्मक योगदान के तहत प्राप्त सम्मान।
पता	:	अंजली अपार्टमेंट फ्लैट नं 301 फोर्थ फ्लोर VKI Jaipur 302039, राजस्थान
ईमेल	:	bishakha .bissa@gmail .com
दूरभाष	:	8302111855

पहचान

इतिहास अक्सर वही लोग लिखते हैं, जो औरों से विपरीत चलते है। जो बड़ी-बड़ी परिस्थितियों का सामना बिना घबराए करते हैं। औरत अपना घर परिवार बचाने के लिए कई बार घरेलू हिंसा से गुजरती है। लेकिन एक बार इस बंधन से निकलना तय कर ले तो फिर समाज में अपनी एक अलग ही पहचान बनाती है।

आज मैं बहुत खुश हूँ शायद मेरी खुशी का कारण मेरे नाती- नातिन हैं। आज वे मेरा 75वां जन्मदिन बहुत ही हर्षोल्लास के साथ मना रहें हैं। उन्हें यकीन ही नहीं होता है कि उनकी दादी इस 75वें साल की उम्र में एडिडास के जूते पहन कर सुबह मॉर्निंग वॉक और जिम पर जाती है। आज 14 फरवरी है आज के ही दिन नागपुर के एक मध्यमवर्गीय परिवार में शंकर प्रसाद शर्मा जी के घर में मेरा जन्म हुआ था। मेरे माता-पिता उस दिन बहुत खुश थे। खुश भी क्यों ना हों, घर में पहली संतान के रूप में प्यारी सी एक परी का जन्म जो हुआ था। हमारा छोटा सा प्यारा सा खुशहाल परिवार था। बाऊजी ने मेरा नाम खुशी रखा था, क्योंकि मेरे आने से उनके घर में खुशियाँ जो आई थी और मुझे मेरी ज़िन्दगी में कभी भी दुखों का सामना नहीं करना पड़े इसलिए भी वे मुझे खुशी कहकर पुकारते थे। स्कूल- कॉलेज में मेरी पहचान खुशी के नाम से होती थी। पर बाऊजी मुझे प्यार से चिड़कली बोलते थे। देखते-देखते उनकी चिड़कली कब घास-फूस की तरह बड़ी हो गई, पता ही नहीं चला। मैंने अंग्रेजी साहित्य में एम.ए और एम. फिल की थी और एक निजी मीडिया हॉउस के लिए फ्रीलांसर का काम करती थी। उसी दौरान मेरी मुलाकात मनोज से हुई। मनोज उस मीडिया हॉउस में एक रिपोर्टर की नौकरी करता था। मनोज से मेरी मुलाकात कभी-कभी होती थी। फिर धीरे-धीरे हम रोज मिलने लगे और कब हम दोस्त बन गए, पता ही नहीं चला और दोस्त से कब जीवन साथी बनने के सपने देखने लगे इस बात का आभास ही नहीं हुआ। उधर मेरे घर वालों ने मेरे लिए लड़कों की तलाश करना प्रारंभ कर दिया।

जाहिर है, जीवन साथी के रूप में घरवाले मेरी शादी किसी सम्पन्न और अच्छे परिवार में कराना चाहते थे। घरवालें मेरी शादी मनोज से कभी नहीं कराना चाहते थे। बाऊ जी को मनोज सही लड़का नहीं लगता था और मेरी जिद्द यह थी कि मैं मनोज के अलावा और किसी लड़के से शादी नहीं कँरूगी। माता-पिता के लाख समझाने पर भी मैं नहीं समझी और 22 साल की उम्र में घर छोड़ कर चली गई।

मनोज उस मीडिया हाउस के संपादक बन गए और हम नागपुर से मुंबई चले गए। एक दिन मैं

रद्दी वाले को घर के सारे पुराने अखबार निकाल कर दे रही थी, तभी मेरी नज़र एक फोटो पर पड़ी और उस फोटो के नीचे जो लिखा हुआ था, उसे पढ़ कर मुझे मेरी आँखों पर विश्वास ही नहीं हुआ। वो फोटो मेरे बाऊ जी की थी। उस फोटो के नीचे लिखा था, नागपुर के वरिष्ठ शिक्षक शंकर प्रसाद शर्मा अब नहीं रहे। यह पढ़कर मेरे पैरों के नीचे से ज़मीन खिसक गई। जब मैंने उस अखबार की तारीख देखी तो वो अखबार चार महीने पुराना था। इसका मतलब बाऊ जी को गुजरे चार महीने हो चुके थे और मुझे पता भी नहीं चला। पता भी कैसे चलता, मैंने सारे रिश्ते जो तोड़ लिए थे। मनोज को भी यह बात मैं कैसे बताती। मनोज दो माह के लिए अपने मीडिया हॉउस के काम से विदेश जो गया हुआ था। माँ का जो नम्बर मेरे पास था वो स्थाई रूप से पूरी तरह बंद हो चुका था। मुझे समझ नहीं आ रहा था कि मैं अब क्या कँरू और क्या नहीं? रो-रो कर मेरा बुरा हाल हुए जा रहा था। कैसे भी करके मैं अपने-आप को संभालती हुई किसी तरह घर के पास वाली काकी का मोबाइल नम्बर खोजने लगी, फिर मैंने उन्हें फोन कर दिया। काकी ने बताया "खुशी बेटी शंकर प्रसाद जी को तो गुजरे चार महीने हो गए हैं।"

"बाऊ जी को क्या हुआ था काकी? "

"खुशी बेटी जिस रात को तुम घर छोड़कर गई थी, उसके एक सप्ताह बाद ही तुम्हारे बाऊ जी को दिल का दौरा आया और वो चल बसे। तुम्हारा यूँ घर छोड़कर जाना वे सहन नहीं कर पाए बेटी।"

"माँ और भाई कैसे है?"

"बेटा संजय और तुम्हारी माँ बेंगलुरु चले गए हैं। अब वे लोग बेंगलुरु में कहाँ रहते है, हमें नहीं पता और ना ही उनका कोई नम्बर हमारे पास है।"

इस तरह से मेरे मायके के घर का द्वार मेरे लिए हमेशा-हमेशा के लिए बंद हो गया। उधर मैंने अपनी नौकरी भी छोड़ दी क्योंकि मनोज को पसंद नही था कि मैं विवाह के बाद भी नौकरी करूँ। इसलिए विवश होकर मुझे नौकरी छोड़नी पड़ी। मनोज मुझसे बहुत प्यार करता था, इतना कि मैं बता भी नहीं सकती। ऐसा लगता था इस दुनिया में मनोज से अच्छा लड़का मुझे और कोई मिल ही नहीं सकता था। बाऊ जी ख़ामोख्वाह मनोज पर शक करते थे।

शादी के दो साल बाद मुझे पता चला कि मनोज ये जो आए दिन अपने ऑफ़िस के काम से विदेश जाता है, दरअसल वो ऑफिस के काम से नहीं, दूसरी औरतों के साथ अय्याशी करने जाता है। उसके कई औरतों के साथ नाजायज संबंध भी थे। जब मैं उससे उसकी इन हरकतों के विषय में कोई बात पूछती, तो वह मुझे मारने लगा। उसका रवैया अब मेरे लिए पूरी तरह से बदल

चुका था। अब वो यह सारे काम खुलकर करता था। रोज रात को पीकर आता था और मुझे पीटता था। मनोज से शादी हुई थी तो बहुत सारे रुपहले सपने लेकर मैं अपने ससुराल पहुँची थी किंतु जो भी मैंने सोचा था हुआ सब उसके बिल्कुल विपरीत।

दिक्कत तो तब हुई जब मैंने गर्भधारण किया और मेरे पति ने मुझ पर यह लाँछन लगाया कि यह बच्चा उसका नहीं और किसी का है। यही कहकर मेरे साथ मनोज प्रतिदिन मार-पीट करने लगा। शादी के तीन साल बाद मैंने एक बेटी को जन्म दिया था। प्रेग्नेंसी के दौरान मनोज ने मुझे सीढ़ियों से गिरा दिया था। बहुत मुश्किल से मेरी और मेरी बेटी की जान बची। रोज-रोज की इस मार-पीट से मैं बहुत परेशान हो गई थी। चाहकर भी मैं अपने मायके वालों से मदद नहीं ले सकती थी और ना ही मायके जा सकती थी। मुझे तो यह भी नहीं मालूम कि मेरी माँ और भाई बंगलुरू में कहाँ रहते हैं वे कुशल -मंगल हैं भी या नहीं। इस तरह मेरा मायके का दरवाजा सदैव के लिए बंद हो चुका था और मनोज यह बात अच्छी तरह से जानता था कि मेरी मदद करने वाला कोई नहीं है। इस बीच मैं फिर प्रेग्नेंट हो गई।

दूसरी बार मुझे बेटा हुआ लेकिन मनोज के अत्याचार मुझ पर कम नहीं हुए। बेटे के समय में तो उसने मेरे चरित्र पर ही अंगुली उठा दी थी, मुझे यह कहा गया था कि ये रंडी पता नहीं कहाँ-कहाँ मुँह मार कर आई है? पता नहीं किस का पाप मेरे माथे थोप रही है? इतना ही नहीं बच्चों के लिए वो खर्च भी नहीं देता था। तब मैंने छुप-छुप कर फिर से फ्रीलांसर लिखना प्रारंभ कर दिया। मुझे लिखने की कला मेरे बाऊ जी से विरासत में मिली थी। बाऊ जी साहित्य के शिक्षक रहे थे। जैसे ही मुझे समय मिलता मैं छुप-छुप कर लिखा करती। यह बात मनोज को नहीं मालूम थी पर मनोज पैसों को लेकर मुझ पर शक करता रहता था। रोज मार-पीट, गाली-गलौच करता था। मार-पीट का असर मेरे बेटे पर ऐसा पड़ा कि वो छः साल का होते-होते गुमसुम सा रहने लगा. बोलना और लिखना लगभग भूल ही गया...उसे मंदबुद्दि बच्चों के विद्यालय में डाला गया। अपने दोनों बच्चों को इस हालत में देखकर मैं बहुत रोती थी और भगवान को रोज पूछती थी कि "मेरे साथ ही ऐसा क्यों हुआ? "

तेरह साल तक अत्याचार झेलने के बाद मैं 34 साल की उम्र में पति और उसका घर छोड़ कर किसी को बिना बताए, आधी रात को घर से निकल गई। मैंने घर तो छोड़ दिया पर यह समझ नहीं आ रहा था कि अब क्या करूँ? कहाँ जाऊँ...? बस इतना पता था कि मुझे वापस मनोज के पास नहीं जाना है। वहाँ से निकल कर मैं सीधे रेलवे स्टेशन गई। वहाँ एक ट्रेन रूकी हुई थी। मैं अपने दोनों बच्चों को लेकर उसमें बैठ गई। यह ट्रेन कहाँ जाने वाली थी, मुझे नही पता था। जब दूसरे

दिन ट्रेन अपने आखरी स्टेशन पर रूकी तो ट्रेन के एक कर्मचारी ने मुझे उठाया और कहा "बहन जी यही आखरी स्टेशन है।" मैंने पूछा "भैया जी यह कौन सी जगह है? "

तो उसने बताया "बहन जी यह शिमला है।"

जैसे ही मैं ट्रेन से बाहर निकली तो सूरज की पहली किरण सीधे मेरी आँखों पर पड़ी और वहीं से मेरी जिन्दगी की एक नई शुरुआत हुई। शिमला में अपने दोनों बच्चों को लेकर मैं कुछ दिन धर्मशाला में रही। शुरुआती दौर में मैंने कुछ खर्चा अपने बचे हुए पैसों से निकाला। फिर मुझे वहाँ एक प्राइवेट स्कूल में टीचर की नौकरी मिल गई। नौकरी के साथ-साथ मैंने फ्रीलांसर भी लिखना शुरू कर दिया। धीरे-धीरे मैं कई संस्थाओं के साथ जुड़ने लगी और वहाँ घरेलू हिंसा की शिकार महिलाओं की मैंने फ्री में कांउसलिंग करनी शुरू कर दी। आज इस स्कूल में प्रिंसिपल के पद पर काम करते हुए मुझे 27 साल हो गए हैं। इन 27 सालों में अब तक मेरी 22 किताबें आ चुकी है। हजारों महिलाओं की मैं कांउसलिंग कर चुकी हूँ। स्कूल कॉलेजों में जेंडर सेंसटिविटी पर मुझे लेक्चर देने के लिए बुलाया जाता है। बड़ी-बड़ी कॉर्पोरेट कम्पनियाँ सेक्सुअल हैरेसमैंट मसलों पर मेरी राय लेती हैं। आज मेरे पिता जी के नाम की बहुत बड़ी खुद की एक संस्था है। यह संस्था उन महिलाओं की मदद करती है, जो घरेलू हिंसा की शिकार हैं।

आज मुझे मेरे उस 'क्यों' का जवाब मिल गया। मुझे इतने सारे काम जो करने थे, दूसरों की मदद करनी थी, इसलिए शायद भगवान ने मुझे उस प्रताड़ना से गुजारा ताकि मैं दूसरों के लिए खुशियों के लम्हे तलाश सकूँ। सेंटजेवियर्स कॉलेज से सोशियोलॉजी ऑनर्स कर बेटी स्कॉलरशिप पर न्यूजीलैंड गई हुई है। महज 24 साल की उम्र में महिला और बाल विकास मंत्रालय में काम कर रही है। बेटा भी मनोवैज्ञानिक डॉक्टर है और उसका शिमला में खुद का एक निजी हॉस्पिटल है। मुझे कई पुरस्कारों से नवाजा गया है पर मेरे असली पुरस्कार मेरे बच्चे हैं। जिनकी वजह से मुझे वापस जीने की वजह मिली और आज मैं यहाँ तक पहुँच सकी। पर इन सबके बीच बाऊजी की खुशी कहीं खो गई। उनकी चिड़कली तो कब की उड़कर कहीं खो गई। आज मेरी पहचान आप की दीदी से होती है। सिर्फ और सिर्फ "आप की दीदी"।

कशिश भारद्धाज

व्यक्तिगत परिचय

जन्म तिथि	:	9 जून
सम्प्रति / कार्य	:	लेखक, समाज सेविका
लेखन विधा	:	जेंडर इक्वलिटी व नारी के सशक्तिकरण के ऊपर लेख / कविताएं, समाज में सामाजिक कुरूतियों को उजागर करते लेख/ काव्य, लघुकथा, कहानी इत्यादि
प्रकाशित कृतियाँ	:	women's web portal
ईमेल	:	9kbhardwaj@gmail.com
ब्लॉग पता	:	https://officialkashish.wordpress.com/
फेसबुक	:	https://www.facebook.com/Kashishmatic9/

हाँ ये मुझे छू सकते हैं

तू ही दुर्गा, तू ही भवानी, मरियम, बीबी खदीजा, बेबे नानकी, राधा, सीता, गंगा और माता साहिब कौर. सुन सबकी अमिट कहानी सोचा मैं भी देखूँ जन्म लेकर एक औरत का हर्ष, उल्लास, गर्व फैला दूँ मैं भी चारों ओर

जन्म लिया पहली किलकारी जब गूँजी...मेरे माँ-बाप को अफसोस भरी साँस से ये सुनने को मिला, "लड़की हुई है"

घबराई हुई मेरी माँ ने उठा लिया मुझे गोद में, छुपा लिया अपने आँचल में, तेज साँसें धड़कता हुआ दिल महसूस किया मैंने पहली बार, अच्छा ऐसा होता है बेबसी का एहसास!

चल पड़ी मैं नन्हे कदमों से जिंदगी की ओर, खुश थी मस्त थी, बेबाक थी झरने से अविरल बहती मैं चंचल चिड़िया सी चहकती, गिलहरी सी फुदकती अपने आँगन में,

एक परिचित के अनजान से स्पर्श ने खत्म कर दिया सब कुछ मानो एक ही क्षण भर में।

घबराई सी पहुँची कहने जो अपनी बात सभी के आँख के इशारे कहने लगे मानो चुप रह! सह! कह नहीं सकते हम ये किसी से, छुपा ले, सीख ले दबाने अपने जज्बात।

टूट गया मेरे अंदर मानो कुछ, अच्छा तो ये है वो बेबसी का एहसास, जिसने तोड़ दिया मेरा वजूद, मेरा आत्मविश्वास, उस दिन से मन ही मन कहना, खुद को समझाना, सीख लिया- हाँ! ये मुझे छू सकते हैं क्योंकि बेबस हूँ मैं।

कब बचपन गया, कब आने लगी जवानी, मैंने जाना तब जब लोगों की ललचाई नजर मैंने अपने शरीर पर पड़ती हुई पहचानी। स्कूल का साथ में पढ़ने वाला वो लड़का या बस में सफर करता हुआ, वो अधेड़ व्यक्ति जो छू लेता मेरी गर्दन, कंधा या कमर बार-बार, भीतर ही भीतर टुकड़े चुभते हैं पर फिर भी मैंने खुद को समझाया -हाँ ये मुझे छू सकते हैं क्योंकि बेबस हूँ मैं।

स्कूल-कॉलेज की गलियों से निकलकर कब पिया की गली पहुँच गई पता ही न चला, प्यार मोहब्बत, घर के कामकाज, नया था मेरा पूरा संसार। खुश थी जिंदगी ऐसे भी दिन दिखलायेगी सोचा ना था। चल पड़ी मैं फिर से तभी दूर का एक देवर, रिश्ते में लगता कोई ससुर, एक पड़ोसी, सोशल मीडिया पर करते फब्तियां, होली के बहाने मेरी आत्मा को तोड़ती मेरे शरीर पर रगड़ थी।

वो गंदी सोच वाली हथेलियाँ, उनकी नजरें और हरकतें बोली फर्क नहीं पड़ता आज तेरी माँग में सिंदूर है।

हो कभी ऐसी परिस्थिति कर लूँ अगर अपने पति से तलाक लेने का फैसला?

दोस्त, परिवार तो शायद साथ देगा भी नहीं और दुनिया को लगेगा अब आसान हो गया मेरा दामन करना मैला, आवाज़ उठाने की हिम्मत करूँगी जो मैं, तो कहता है मुझे सारा जमाना, तू कल भी हमारे लिए मसलने की वस्तु थी और आज भी सिर्फ एक शारीरिक भोग है।

तू अगर ये सोचेगी, लोग मान लेंगे जो तू कहेगी?

समाज देगा तुझे कोई प्रतिक्रिया? अरे तेरे तो खुद जात वाली कहेंगी, ये औरत तो बड़ी निर्लज्ज, गिरी हुई, बहुत ही चरित्रहीन है, कुल्टा, ना जाने दिन रात क्या-2 है करती? देखो मर्दों को रिझाने के लिए करती कैसी-कैसी अठखेलियां!

सोच में हूँ किनसे माँगती हूँ मैं सहारा?

जब जिंदगी भर मैं रही अबला, लाचार तो मेरी जैसी जिंदगी जीने वाली कहाँ से लाएँगे मुझे बचाने का हौसला? शायद वो भी जी रही हैं जिंदगी अपनी खुद को ये कहते-कहते- हाँ ये मुझे छू सकते हैं क्योंकि बेबस हूँ मैं!

क्या अजब सा है ये सिलसिला जो तोड़े से भी टूटता नहीं, समान अधिकार तो छोड़ो, मुझे तुम्हारे समाज में कोई इंसान तक समझता नहीं।

तो लो टूट कर, बिखर कर, आज फिर कहती हूँ मैं

हाँ ये मुझे छू सकते हैं क्योंकि बेबस हूँ मैं!

हाँ ये मुझे छू सकते हैं क्योंकि बेबस हूँ मैं!

मोहे बिटिया न कीजो

देख अगली बार मुझे किसी के माथे का तिलक बना देना,
सुन अगली बार मुझे किसी के सर की जालीदार टोपी।
हो सके अगर मुझे बना देना किसी के सर की पग,
चाहे तू बना देना मुझे किसी के हाथ की माला।

अगली बार मुझे लाल, हरा, भगवा, नीले रंग का परचम बना देना,
अक्सर लोगों के खून में उबाल आ जाता है,
पड़े किसी की भी इन पर गलती से भी जो निगाह मैली!
शोर शराबा, कर देते सड़कें चक्का जाम, निकालते हैं बहुत ही भव्य रैली!

जन्म लिया जो मैंने लड़की बन तो पाया क्या?
अस्मत इज्जत के नाम पर मैंने अपना वर्चस्व भी गँवाया क्या?
तेरे इस शाहकार की कोई भी कीमत नहीं है,
खुद के बनाए छाप तिलक देख ये इंसान इतराया क्या?

जन्म के बाद ही मिलती है सबको अपनी अपनी पहचान,
मुझे तो तूने खुद है बनाया, रौंद कर मेरा शरीर,
मेरी आत्मा बना लिया खुद के लिए जीते जी नर्क धरती पर,
कभी ये मर्द को समझ आया क्या?

पूजा पाठ करते, नमाज अदा, गाते गुरबाणी और पढ़ते तेरी आयते
रुला के मुझे खून के आँसू सच बता,
मरने के बाद खुदा तेरे दर पर आज तक कोई बंदा पहुँच पाया क्या?
सिसकियां मेरी मरने के बाद भी पीछा छोड़ेंगी नहीं।

तूने कभी इन सब को बताया क्या?
मौन क्यों है? बता क्यों नहीं देता तू इनको?
मंदिर मस्जिद चर्च या गुरुद्वारे में नहीं मिलता तू किसी को!
इंसान को इंसान जब कोई समझे,
तू खुद दौड़कर चला आता है उसके दर पर सवाली बन के।

मुर्शीद रास्ता दिखा दे इनको
मैं तेरा कितना अजीज हूं कभी तूने इन्हें समझाया क्या?
देख अगली बार मुझे किसी के माथे का तिलक बना देना
सुन अगली बार मुझे किसी के सर की जालीदार टोपी!

उफ्फ लाल है तो कमाल

लाल है तो कमाल है
मेरी लाल रंग की चूनर, मेरी लाल रंग का पटियाला, लाल रंग में लहराती मेरी वो साड़ी, लाल रंग का सिंदूर, लाल रंग की मेरी बिंदिया, वो सुर्ख लाल जोड़ा मेरा

उफ्फ लाल है तो कमाल है।

शर्म से झुके जो मेरी पलकें तो रुखसार पर आता है हल्का-हल्का वो रंग भी तो लाल है, थाली में सजा वो फूल भी तो है लाल, महबूब को देने के लिए धड़कते दिल से जो लिया वो गुलाब भी तो है लाल

उफ्फ ये लाल है तो कमाल है।

आँखों में उफनते उस गुस्से का रंग भी है लाल, शहीद हुए सरहदों पर उनके लहू का रंग भी तो है लाल, वीर रस का पर्यायवाची भी लाल, महबूब की याद में आँसू छुपाते हुए और दूर तक देखते हुए सूरज का आसमान के आगोश में छुप जाने का रंग भी है लाल
उफ्फ ये लाल है तो कमाल है।

लाल रंग बहुत ही कमाल है पर कब तक? जब तक वो एक मासूम बच्ची को करता नहीं शर्मसार है, दिन दुनिया से अनजान अल्हड़, अबोध, मासूम सी आंगन में, बाजार में स्कूल की उन गलियों में जब पहली बार प्रकृति उसे देती महावारी का पहला उपहार है
थोड़े से जो कपड़ों पर उभर आए चंद लाल लहू के धब्बे उस मासूम के आत्मसम्मान को ना जाने तुम कितना हो झिंझोड़ते?

क्या कभी सोचा है तुमने, जो माहवारी की सौगात को अगर ना दिया होता उसने?

जिस वंश, वर्ण या खानदान का गुणगान तुम दिन रात किया करते हो, नसों में दौड़ते हुए उस

खून पर बहुत गर्व है तुम्हें, सोचो कभी आराम से, मां और पिता दोनों है तुम्हारे जन्म में सहभागी, ना हो अगर इस पृथ्वी पर एक भी नारी को महावारी तेरा मेरा वजूद कभी हो ही नहीं पाएगा

अभागो जिस मां से जन्म लिया हो, उस लहू का रंग कब तुम पर असर दिखाएगा?

उफ्फ, लाल है तो कमाल है

औरते भी बंद करें एक दूसरे को अब नीचा दिखाना, छोटी हो या बड़ी बेटी माहवारी की जानकारी देना और अपना फर्ज निभाना

बेटा या बेटी बंद करो प्रकृति की इस देन से नजरें चुराना

जब तुम शिक्षित करती हो अपने घर के एक भी बेटे को, खोल देती हो तुम बरसों से शर्म और असमानता के बंद पड़े कई दरवाजे माहवारी का लाल रंग उसके भी वजूद का एक अंश है, बस बहुत हुआ अब शुरू करो इस समाज की मरी पड़ी चेतना को जगाना।

मधु श्रीवास्तव (मधुश्री)

व्यक्तिगत परिचय

जन्म तिथि	:	31 जुलाई 1948
जन्म स्थान	:	बिजनौर उत्तर प्रदेश
पिता	:	श्री कामता प्रसाद सिन्हा
माता	:	श्रीमती ईश्वरी देवी सिन्हा
पति	:	सतीश चंद्र
शिक्षा	:	स्नातक, संगीत में उच्चतर शिक्षा
सम्प्रति / कार्य	:	लेखन एवं संगीत
लेखन विधा	:	कविता, लघु कथा, कहानी तथा लेख
प्रकाशित कृतियाँ	:	विभिन्न पत्र पत्रिकाओं एवं साझा संकलन में प्रकाशन। एकल काव्य संग्रह प्रकाशन की प्रक्रिया में।
प्राप्त सम्मान	:	'शब्द श्री सम्मान'', कलमवीर सम्मान, 'उर्वी पर्यावरण प्रहरी सम्मान', 'काव्य रत्न सम्मान' प्रखर लेखनी सम्मान'' शब्द शिल्पी सम्मान'', कृधा काव्य गौरव सम्मान' आदि।
पता	:	F18, द्वारकाधीश रेजीडेंसी पिम्पले सौदागर पुणे महाराष्ट्र
ईमेल	:	madhusatishkaulshi@gmail.com
दूरभाष	:	7710969075
ब्लॉग पता	:	jazbatmadhushri

तथागत

नागफनी सी सिर उठाए
बेधती तृष्णा अतृप्त
भटभटावी वन में
ढूँढता हिय मुक्ति पथ
दृष्टि देना तुम
करूँ निर्बाध
यात्रा निर्वाण तक।
दूर हो अज्ञान
बोध सत्य का
प्रदीप्त हो
स्व हो निर्मल
स्फुटिक सी
चेतना की ज्योति हो।
बुद्ध शरणम्
धर्म शरणम्
मंत्र जीवन को मिले।
आसक्ति से
अनासक्ति तक
सुगम मार्ग
जीवन का खुले।
ग्रंथि हो निर्मूल
कर्मों की और प्रारब्ध की
बोधि सत्व ज्ञान
हो कृपा दृष्टि तथागत की।

मौन

शब्द मुखरित
संवेदना का
पीड़ा की पराकाष्ठा तक
पहुँच कर निष्चेष्ट होना
मौन का है पहला द्वार
गहनतम चिंतन का स्थल
कूप ही मौन है।
चिंतन का
अंतर्मुखी होकर
डूब जाना मौन है।
चित्त की तपस्थली
की साधना ही मौन है।
जीवन निरधि का
अनवरत मंथन का विष
जिजीविषा में
विलीन होना
गरल पीकर
नीलकंठ हो
जाना भी मौन है।
मेनका सी कामनाओं
के सम्मुख अटल हो
निर्लिप्त हो
विदेह बन तप की उच्चतम
पराकाष्ठा ही मौन है।
तप रूपी बीज का बाह्य
आवरण ही मौन है।

अल्हड़ बचपन

आ चल लौट ले
कुछ जी ले फिर से बचपन
उस गली चलते हैं
जहाँ गेंद लुढ़क जाती थी
पीछे दौड़ते थे हम
अल्हड़ इक पवन की तरह।
बाग में पेड़ पर झूले
भी पड़ते होंगे
नीम के पेड़ की निम्बोली
लगती थी जहाँ
गोली शहद भरी
एक नियामत की तरह।
झड़ी बरसात की
लगती थी मेरे आँगन में
बारिश का पानी हो या
ताल हो या पोखर हो
नाव तैराती थी चाहत मेरी
इक ज़िद की तरह।
गुड्डे गुड़िया का घरौंदा
भी महकता होगा
कोई लौटादे बचपन की
मेरी साँसों को
जिसमे बसती थी ख़ुशबू
सोंधी मिट्टी की तरह।

मधु मास

कलि कोमल गात लिए सरसे
मदमस्त मधुप मधुपान करे
उर उदधी प्रेम तृषा उमगे
मकरंद, पराग, सुगंध भरे।

मधुयामिनि द्वार खड़ी हुलसे
तारक नभ चंद्र किरण बरसे
कोमल कुसुमित गुंफित हो प्रिय
दो विरही एक हुए मन से।

चहुँओर ही राग बसंत रचे
नव यौवन मृदु कलिका चटके
अलि डोल रहे डाली डाली
महि रात की रानि फूल झरे।

मति विभ्रम

जीवन रण के चक्रव्यूह में
जब फंसती जीवन गाड़ी
सांसों की रफ्तार हो मद्धिम
उलझ रही कुछ अटक रही।
ढली उम्र और ढलता सूरज
क्या निस्तारण है खुशियों का?
मति विभ्रम का पर्दा डाले
असमंजस में डोल रही।
जीवन का क्या सच
क्या झूठा
तालमेल नहीं दिखता।
अपने ही अस्तित्व की
बाती का उजियार
नहीं दिखता।
क्या भूला क्या छूट गया
सब विस्मृत है कुछ याद नहीं।
आगे कितना अंधियारा
जो बतलाये ईज़ाद नहीं।
तारीखें ठेंगा दिखलाती
गति समय की ठहर गईं।
क्या जीने मरने की सारी
बंदिशें पीछे छूट गई।
जीवन के आरोह अवरोह का
गणित व्यर्थ बेकार हुआ।
आज न दिखता हाथ में कुछ
सब स्वप्न मात्र निस्सार हुआ।

आज के रिश्ते

अधुना रिश्तों की परिभाषा
पल में मुकर, बदल जाती है।

रेशम से कोमल सूक्ष्म तंतु पर
चलती अब रिश्तों की गाड़ी
कर्तव्यों का भार अधिक
ढोने से वो घबराती है।

अधिकारों की माँग बहुत
जब आपस में बढ़ती जाती
रिश्तों की झीनी चादर
हौले हौले मसक जाती है।

आईने सी पारदर्शिता
की होती दरकार हमेशा
वरना दो पहियों पर भी
इक कदम नहीं चल पाती है।

एक हाथ से बजे न ताली
एक हाथ का नहीं संयोग
हाथों की गर्माहट बिन
प्रीति तंत्रध्वनि बन जाती है।

बेटी

मैं बेटी हूँ एक परी

मैं बेटी एक परी कहाऊँ
बिना पंख के मैं उड़ जाऊं
आकाश को धरती पर ला दूँ
धरती को आकाश बना दूँ।
तुम्हे चाँद की सैर कराऊँ।

सपनीली मिट्टी हरियाती
नित –नित अद्भुत पुष्प खिलाती
जीवन के सबरंग हैं अपने
इंद्रधनुषी सतरंगी सपने।
जीवन अँगना में उतराऊँ।

बचपन की कच्ची माटी मैं
गीत प्रेम रस के गाती मैं
मत उलझाओ बंध, द्वंद में
ज्यूँ पतंग की डोर संग में
आकाश में खुल कर लहराऊँ।

पंख हैं मेरे सुनहरे पीले
नयन श्याम बादल से नीले
नेह रस कविता जैसी मैं
परियों की रानी जैसी मैं
चूनर दिग दिगंत फहराऊँ।

भूख

भूख का नाम तो
बदनाम किया है सबने
ये तो एक आग है
दिन रात जो सुलगाती है
सूखे हैं होंठ
आँखों के चश्म सूखे हैं

आधे तन हैं खुले और
आधे हया को ओढ़े
सूखी चमड़ी से ढके
पेट हैं पिचकते हुए
कोई फुटपाथ पर
कोई टपकते टप्पर में

पेट घुटनों से लगा
ठंड से ठिठुरते हुए
पानी बिकता है और
नदी लहू की बहती है
देह की भूख हो या
पेट की उठती ऐठन

सस्ता है सब, बोली
इंसानियत की महंगी है
बड़े व्यापारी हैं
हर शह के कारोबारी है
देने के नाम पर

रोटी ही सबसे महंगी है

कोई समझाए इन
नाम के नयन सुख को
अंधों की भीड़ जुटी
गुड़ है गूंगो की बनी
दोहरा चेहरा लिए
हर जात यहाँ बहरी है।

आँसू

आँसू की एक बूँद
खारे पानी की मानिंद
किसके लिए टपकी
किस पात्र में गिरी
हीनता से ग्रसित
लघुता उसकी
प्रभुता में परिवर्तित
तब होती है जब
जिस पात्र में वो गिरती है।
ग्राह्यता पात्र की
उसे महत्व पूर्ण बनाती है
पात्र की स्वीकार्यता
देती है सुख समर्पण का
अपनापन पात्र का
यदि मिल जाए तो
अंतरंग बन जाती है
पात्र की संवेदना ही
छोटे बड़े का
एहसास कराजाती है
पात्र यदि है पाषाणी
शुष्क हो कर
चेतना शून्य हो जाती है।
पात्र का समर्पण है
सोने पर सुहागा
उसमे विलीन हो
एक रूप हो जाती है।

मालती कुमारी

व्यक्तिगत परिचय

पति का नाम	:	श्री शुभ नारायण मिश्र
जन्मतिथि	:	20-12-1973
पिता	:	श्री विष्णु कान्त झा
माता	:	श्रीमती बिमला देवी
मूल स्थान	:	पुरसौलिया, कलुआही मधुबनी, बिहार।
वर्तमान स्थान	:	आदर्शनगर, जिला-मधुबनी, राज्य- बिहार -847211
कार्य	:	शिक्षिका
शिक्षा	:	एम. ए. (मनोविज्ञान), बी.एड.
संप्रति	:	शिक्षण, लेखन, पठन, सिलाई, मिथिला पेंटिंग में अभिरूचि।

राधा के कृष्ण

राधा कृष्ण की प्रेम कहानी
निश्छल प्रीति की अमर कहानी
मुख मलिन व्यथित मन आँगन
कृष्ण बिन कैसी राधा रानी।।
राधे आतुर कृष्ण मिलन को
अँखियों में भर प्रीति मिलन को
मन में बढ़ती रहे विकलता
विरहिनी तड़पत अमर प्रणय को।।
क्यों व्याकुल हूँ तेरे प्रेम में
सांवरे प्यासी तेरे विरह में
चंद्र गगन में चमकत जैसे
तुम्हीं हो जीवन के हर क्षण में।।
नील गगन में उड़ता बादल
नैनों से बहता हो काजल
हृदय पुलकित पुनर्मिलन को
राधे कृष्ण का प्रीत है पावन।।
बिसरी राधा तन-मन सुध की
आलिंगन में प्रिय श्याम की
अंग अंग थिरकत मन झूमत
अब ना छोड़ब संग श्याम की।।
मैं झूलसी प्रभु तेरे वियोग में
अश्रु बहत दोनों अँखियन से
जन्मों -जन्म से तेरी राधा
बाट निहारे तीर जमुना के।।

प्रेम

प्रेम ही अर्पण और जीवन आधार है
प्रेम बिन सूना जग ये नश्वर संसार है
प्रेम बिन बिखरा मन का कोना –कोना
प्रेम है तो प्यारा घर द्वार है।।

प्रेम नयी नयी इबादत गढता
इसमें त्याग, दया, करूणा पलता
रिश्तों में भी सामंजस्य लाता
प्रेम बिना मन क्रंदन करता।।

कोई सीमा नहीं, सागर से भी गहरा होता
इसकी कोई उम्र नहीं ये बस बढ़ता जाता
प्रेम बिना जीवन जैसे दीपक बिन बाती
प्रेम भाव हो तो गैर भी अपना बन जाता।।

प्रेम में मन पुलकित हो जाता
मानव याचक भी बन जाता
इसमें मृगतृष्णा सी भटकन, गर आघात
मिले, दिल का टुकड़ा हो जाता।।

मीरा कृष्ण के प्रेम में पागल
प्रेम में ही तज दीन्हां घर आंगन
लोक लाज छोडि वन वन भटके
छोड़ा धन वैभव भटकत मन प्रांगण।।

पल पल राह निहारती राधा

पीड़ संभाले कृष्ण बिनु आधा
नैनन नींद ना मन में धीर
प्रेम के कारण तन मन साधा।।

गाँधी जी की सत्य अहिंसा प्रेम का आधार था
कृष्ण सुदामा की दोस्ती प्रेम का मिसाल था
सीता –राम की अनुपम अद्भुत जोड़ी
त्याग तपस्या प्रेम का ही आह्वान था।

सपना

एक लड़की भोली-भाली थी
शर्मीली सी दीवानी थी
सपनों में खोई सी रहती
पल-पल हँसती रहती थी।।

परियों की एक दुनिया थी
खुशियों की एक गलियाँ थी
मनमस्त सा फिरा करता
संग में कुछ सखियाँ थी।।

मन में कुछ सपने थे
आशाओं की किरणें थी
अनजान सी अपने जीवन से
आसमां को छूने की चाहत थी।।

शुभ्र धवल चाँदनी थी
जो अमृत बरसाती थी
हर सावन में हर आँगना में
खुशियों के फूल खिलाती थी।।

मन चंचल सा बस जिद्दी था
सपने देखा करती थी
रंग- बिरंगी तितली सी
वो पंख पसारे रहती थी।।

हौसले बुलंद थे

ना कल की चिंता थी
ना आज का भय
केवल सपनों में रहती थी।

पक्षियों का कलरव था
सूर्योदय का भोर था
लालिमा छाई सी
हर ग़म से बेगानी थी।।

सबको अपना समझती थी
जज्बातों के सैलाब में बह जाती थी
तुम कहते थे तुम अपने हो
पर तुम तो सपने थे।।

वो थी और उसके सपने थे
अचानक नींद से जागी थी
पत्ता- पत्ता बिखर गया
सपना टूट चुका था
क्योंकि बचपन बीत चुका था।।

चाँदनी रात

वो आषाढ़ शुक्लपक्ष पूनम की रात
चाँदनी बिखेर रही जैसे बरसात
जैसे हमारी तुम्हारी सदियों की आत्मीयता
वो सुनहरा मधुर मधुर प्यारा सा साथ।।
हमारी खामोशियां और चाँदनी रात
वो पहली पहली मुलाकात
तुम्हारे यौवन की आकुलता व्याकुलता
और सिमटे सकुचाते से हमारे जज़्बात।।
नीला आकाश और दुधिया चाँदनी रात
शरमाते दो नैनों से नैनों की बात
मद्धिम मद्धिम सी रौशनी में
तुम मैं और मीठे-मीठे एहसास।।
झुकी नजर शर्मोहया में डूबी सी
शर्माती लजाती झिझकती सी
वो तेरा मधुमय स्पर्श और चाँदनी रात
वो जिंदगी की प्रथम अनुभूति सी।।
कितना प्यारा रिश्ता हमारा बन गया
मन का मन से तार जो जुड़ गया
मैं कह गयी बहुत कुछ बिना कहे
मेरा चाँद मुझको जो मिल गया।।
एक स्नेह बंधन में बंधी आज भी
मधुर खट्टी-मीठी यादें आज भी
वक्त कहाँ से कहाँ उड़ चला
वो चाँदनी रात याद है आज भी।।

विश्वास

नित नई बाधाओं संग हमेशा लड़ना चाहिए
नित नई आँधियों संग हमेशा चलना चाहिए
विश्वास रख कर मन में भले ही काँटे हो पथ पर
जीवन पथ पर आगे हमेशा बढ़ना चाहिए।।
इरादे हो बुलंद तो जमीं मिल ही जाती है
दृढ विश्वास हो मन में तो मंजिल मिल ही जाती है
विश्वास पर ही दुनिया टिकी, भरोसा हो गर अपनों का
तो जीने की वजह मिल ही जाती है।।
आशा और विश्वास हौसलों को टूटने नहीं देती
गर गिला हो, भरोसा अपनों को रूठने नहीं देती
बस दिल की बात जुबाँ पर होनी चाहिए, गर
मन में कोई आघात हो जिंदगी बढ़ने नहीं देती।।
एक उम्मीद की किरण हमेशा सजाएं रखना
मन में विश्वास की दीप हमेशा जलाएँ रखना
जिंदगी है जब तक एक नई शुरुआत करते रहना
सपनों को साकार करने की आस हमेशा बनाए रखना।।
कभी मिलते हैं अपनों से कभी अपने बिछड़ते भी हैं
बिछड़ कर दिल ही दिल में अपने सिसकते भी हैं
अगर विश्वास की डोर कच्चे हो और टूट जाए तो
अचानक पथ पर बढ़ते बढ़ते अपने ठिठकते भी हैं।।
जिंदगी की दौड़ में बढ़ते रहना ही सदा
हजारों मुश्किलें आएं चलते रहना ही सदा
मुझमें कोई फरेब नहीं, मैं खुद से रूठ जाती हूं
मेरे दोस्तों मुझ पर विश्वास बनाएं रखना ही सदा।।

संतान

वाह रे! तेरी लीला भगवन और तेरी समदृष्टि
हे प्रभु तेरी अद्भुत सृजन और अनुपम कृति
कैसी तेरी रचना ?मानव के ओद्र में मानव पलता
और संतति बन रचता बारंबार नव सृष्टि ।।

सींचती वजूद बीजारोपण स्त्री कोख के अंदर
नव अंकुरण पल्लवित प्रस्फुटित उर अंदर
मन सागर, दरिया पीड़ा भी जैसे हो उत्सव
संतति फलता –फूलता मानव उर अंदर ।।

पिता का अंश पिता का खून वो
माँ का छलकता प्यार जब पीता दूध वो
संतान से खुशियाँ सारी वही घर–बार है
मात–पिता का सूखता खून जब जाता रूठ वो ।।

संतति के आने से पुष्पित घर आँगन
औलाद पा सबका प्रफुल्लित मन आँगन
जिसके आने से जीवन की बगिया खिल जाती
कल की पहचान जिससे रौशन घर आँगन ।

औलाद की खातिर हम हर ग़म सहते
भविष्य की खातिर धूप में भी जलते
खुद काँटों पर भी चलकर, हर पल
औलाद को ममता की छाँव में रखते ।।

संस्कारों से सींचकर उन्नत जीवन दान दो

संतान को नैतिकता का पाठ, सुंदर ज्ञान दो
सुरभित सुगंधित हर घर चंदन बन गमके
गर्वित करे जग जिसपे मन में अभिमान हो।।

संस्कारी संतान निज त्याग तपस्या प्रेम से
अलौकिक ज्ञान, बुद्धि और निर्मल स्नेह से
कभी ना दुखाते दिल मात पिता का
अपने कर्तव्यपालन और जिम्मेदारी के नेह से।।

अरमान

मासूम सी वो
सुरमयी आँखों में
कुछ सपने लिए
यूँ ही मुस्कुराती
खिलखिलाती
इठलाती
तितलियों की पंख सी
रंग –बिरंगे सपने
आशाओं का समंदर
गाती गुनगुनाती
नदियों सी बलखाती
मिल जाती
हरेक मोड़ पर वो
मन में सुनहरे
अरमां लिए
ठहाकेदार हँसी
बिंदी बड़ी सी
सिंदूर की लाली माथे पे
उमंग उत्साह से भरी।

अचानक बिखर गयी
जिंदगी वीरान
पति कोरोना के गाल में
बस सब स्मृतियाँ
आर्तनाद करती
पत्ता –पत्ता बिखर गया

स्वर बिखरे दृग सूने
बह गए सारे सपने
अरमां कुचले गए
अकेली खड़ी एक औरत
हौसले टूटे से
आँखों के कोरो से
छलकती कुछ बूँदें
अतृप्त अस्तित्व विहीन
सारे सपने टूटे से
सारे अरमान रूठे से
भूल गयी खिलखिलाना
मुस्कुराना
पीड़ा को संभाले
मुरझा सी गई
दर्द से भरी हुई
कानों में गूँजते
उसकी ठहाकेदार हँसी
आज भी।

बहुत समझाया
बहुत बहलाया
अपनी जिंदगी है
जीना तो है
पत्थर की मूरत सी
सुनती रही
अंदर ही अंदर
घुटती रही
मासूम सा एक लड़का

उसके लिए
अपने लिए
आज वो चल पड़ी
फिर से कुछ बिखरे सपने
समेटने सहेजने
एक जिंदगी तन्हा लिए
दिल में कुछ अरमान लिए।।

निधि मिश्रा

व्यक्तिगत परिचय

जन्म तिथि	:	21/ 10/1996
जन्म स्थान	:	नई दिल्ली
पिता	:	महेश्वर मिश्रा
माता	:	संजू मिश्रा
पति	:	सिद्धार्थ मोहन कवि
शिक्षा	:	एम.ए. (साइकोलॉजी)
सम्प्रति / कार्य	:	गृहिणी
पता	:	150 एम. आई .जी. लोहियानगर, कंकड़बाग, पटना-800020
प्रकाशित पुस्तकें	:	उड़ान (साझा संकलन) पलाश (साझा संकलन)
ईमेल	:	mishranidhi662@gmail.com

भारतवर्ष की अद्भुत नारियाँ

भारत के स्वर्णिम और गौरवमय इतिहास में बहुत कुछ अनोखा है। किन्तु जो सबसे अनोखी बात मुझे लगती है, वह यह है की भारत में अलग अलग काल में कई महिला शासकों का वर्णन मिलता है। मुझे गर्व होता है की मेरा जन्म उस भारत में हुआ था जिसने उस वक़्त महिला नेतृत्व की नींव रखी, जिस वक़्त संसार की महिलाएं अपने घर के भीतर भी फैसला लेने के लिए स्वछंद नहीं थी।

जहाँ आज भी अमेरिका जैसे आधुनिक सोच वाला देश एक महिला राष्ट्रपति नहीं चुन पाया है, वहां न सिर्फ कई दशक पहले भारत ने महिला को सफलतापूर्वक प्रधान मंत्री बनाया बल्कि सदियों पहले से उन्हें सम्राट के रूप में भी स्वीकार किया। ऐसा बिलकुल नहीं था की भारत के इतिहास में महिलाओं के लिए नेतृत्व का राह आसान था। दुनियाभर की तरह भारत की महिलाओं को भी संघर्ष का रुख अख्तियार करना पड़ा। पुरुष प्रधान समाज के खिलाफ एक एक जंग छेड़ना पड़ा, जो आज भी जारी है। पश्चिम देशों में और कुछ हद तक भारत के शहरी क्षेत्रों में आज महिला पुरुषों से कंधे से कन्धा मिला कर चलने लगी है किन्तु आज भी अधिकाँश ग्रामीण क्षत्रों की महिलाओं की स्थिति बहुत अच्छी नहीं है।

नारी शक्ति ने आज हर एक क्षेत्र में अपने कौशल और सामर्थ्य से इस बात को पूर्ण रूप से साबित कर दिया है की वह भी पुरुष के जैसे ही दक्ष हैं। महिला और पुरुष समाज के हर कार्यक्षेत्र में एक दूसरे के पूरक हैं। आज भी नारी ऊर्जा और प्रतिभा का पूर्ण रूप से इस्तमाल नहीं किया जा रहा है और उसके साथ भेद भाव हो रहा है, जिसके खिलाफ आंदोलन और बगावत जारी है और यह तब तक चलेगा, जब तक महिलाओं को न्यायोचित्त स्थान समाज में नहीं मिल जाता। नारी शक्ति के जज़्बे को सलाम करते हुए, आइये हम कुछ ऐसे भारतीय महिला शासक के बारे में जानते हैं जिन्होंने भारत को महान बनाने में अपना अनूठा योगदान दिया था।

महारानी अहिल्याबाई होल्कर – महारानी अहिल्याबाई का जन्म सं 1725 को महाराष्ट्र के अहमदनगर में हुआ था। जब महारानी के पति महाराज खांडेराव होल्कर की कुंभेर के युद्ध में 1754 में मृत्यु हो गई, तो महारानी होल्कर ने मजबूरी में अपने साम्राज्य की कमान को संभाला। अपने सेनापति तुकोजीराव होल्कर की मदद से उन्होंने लुटेरों और बागियों के आक्रमण का करारा जवाब दिया।

उन्होंने धर्म के प्रचार प्रसार के लिए बहुत से मंदिरों का भी निर्माण किया और उनके राजनैतिक

एवं सामाजिक सूझ बूझ की बहुत सी कथाएं भारत में आज भी प्रचलित हैं। भारत के इतिहास में महारानी अहिल्याबाई का महत्त्व इसलिए भी बढ़ जाता है क्यूंकि वो नारी तो थी किन्तु साथ ही में वह एक साधारण पारिवारिक परिवेश से आई थी। ऐसे में उन्हें न केवल नारी होने के लिए बल्कि साथ ही साथ एक साधारण स्त्री से महारानी तक का सफर तय करने के लिए अनंत चुनौतियों का सामना करना पड़ा। महारानी होल्कर पढाई के साथ ही युद्ध कला में भी माहिर थीं। उनके साम्राज्य में साहित्य, संगीत, कला एवं वाणिज्य पर विशेष ध्यान दिया जाता था। 1795 में महारानी अहिल्याबाई होल्कर की बीमारी से मृत्यु हो गई।

बीबी साहिब कौर – बीबी साहिब कौर का जन्म 1771 में हुआ था। इनके छोटे भाई का नाम राजा साहिब सिंह था जो पटियाला के राजा थे और पति का नाम जयमाल सिंह था, जो आज के गुरदासपुर के क्षेत्र के सम्राट थे। सं 1793 में राज्य में बागियों के हौसलों को कुचलने के लिए उनके भाई ने उन्हें पुन: पटियाला बुलवा लिया।

बीबी साहेब अपने सूझ बूझ और कार्य कुशलता से स्थिति संभाल ही रही थीं की फतेहपुर में उनके पति के दुश्मनों ने जयमाल सिंह को घेर लिया। पटियाला से एक सैन्य टुकड़ी लेकर बीबी साहेब ने जयमाल सिंह को तो बचा लिया किन्तु अबकी बार पटियाला पर मराठाओं ने आक्रमण बोल दिया। बीबी साहेब ने आस पास के साम्राज्यों को इक्कठा किया और मराठाओं से भिड़ने चल पड़ीं। कहा जाता है की मराठाओं की सेना इतनी अधिक थी, की सीखे सेना में खौफ पसरने लगा था। ऐसा लग रहा था की सिख सेना पीछे हट जाएगी, तभी वीरांगना बीबी साहेब अपने रथ से आगे बढ़कर न सिर्फ सिख सैनिकों में जोश भर दिया किन्तु एक करारा प्रहार करते हुए मराठा सैनिकों को पीछे हटने पर मजबूर कर दिया था।

इसके साथ ही साथ उन्होंने हिसार पर हुकूमत कर रहे जॉर्ज थॉमस को भी जींद की सीमा से बाहर खदेड़ दिया था। महज़ 30 साल की उम्र में ही बीबी साहेब की मृत्यु हो गई थी।

कित्तूर की महारानी चेनम्मा – कर्नाटक में स्थित कित्तूर की साम्राज्ञी का जन्म 1778 में बेलगाम के पास हुआ था। मंगल पांडेय द्वारा छेड़ी गई स्वतंत्रता की पहली संग्राम से भी पूर्व महारानी चेनम्मा ने अंग्रेज़ों से सीधे तौर पर लोहा ले लिया था। विवाह के कुछ समय उपरान्त ही उनके पति का निधन हो गया और उसके कुछ समय बाद ही उनके एकमात्र पुत्र अंग्रेज़ों के खिलाफ संग्राम में वीरगति को प्राप्त हो गए।

अकेले पड़ जाने पर भी उन्होंने अंग्रेज़ों के सामने घुटने नहीं टेके और डॉक्ट्रिन ऑफ़ लैप्स एवं अंग्रेज़ों की कर नीति का विरोध करते हुए अंग्रेजी हुकूमत से भीड़ गई। युद्ध कला में निपुण

महारानी चेनम्मा ने अंग्रेज़ों को कांटे की टक्कर दी, महारानी चेनम्मा से हुई पहली झड़प में अंग्रेज़ों को हार का सामना भी करना पड़ा था किन्तु अंग्रेज़ों ने संख्या बल एवं आधुनिक उपकरणों की मदद से अंततः महारानी चेनम्मा को घेर कर उन्हें बंदी बना लिया।

1829 में बैलहोंगल किले में उनकी मृत्यु हो गई। बेलगाम के पास आज भी महारानी चेनम्मा के किले और अन्य इमारतों के अवशेष मौजूद हैं जो उनकी शौर्य और वीरता की गाथा कहता है। महारानी चेनम्मा की एक प्रतिमा भारत के संसद भवन में भी लगी हुई है जिसका अनावरण भारत की पहली महिला राष्ट्रपति श्रीमती प्रतिभा पाटिल ने किया था।

चाँद बीबी – चाँद खातून के नाम से प्रसिद्ध अहमदनगर के निज़ाम शाह की पुत्री ने बीजापुर और अहमदनगर के संरक्षक के तौर पर कार्य किया था। चाँद बीबी को संगीत और चित्रकला में काफी गहरी रूचि थी और वह अरबी, तुर्की, फ़ारसी, कन्नड़ समेत कई भाषाओँ में संवाद करना जानती थी। 1550 में जन्मी चाँद खातून का विवाह बीजापुर के अली आदिल शाह से हुआ था किन्तु 1580 में आदिल शाह की मौत के बाद कमाल खान को हरा कर चाँद खातून अहमदनगर की संरक्षक बन गयी।

सं 1595 में जब अख़बर की मुग़ल सेना ने अहमदनगर पर हमला किया तो चाँद बीबी ने शौर्य के साथ लड़ते हुए मुग़ल की सेना को पछाड़ दिया। चाँद बीबी के इस वीरता की मिसाल आज भी समाज देता है। इस हार के बाद मुग़ल सेना ने चाँद बीबी से सेना के घेराव को हटा कर समझौते की पेशकश की। जिसके बाद अहमदनगर में शान्ति की स्थापना हुई। किन्तु शांति के स्थापना के बाद भी मुग़ल अहमदनगर पर अपनी नज़र गड़ाए हुए थे।

कहा जाता है जीता खान, जो चाँद खातून का एक भरोसेमंद सेवक था, उसके विश्वासघात के कारण भ्रान्ति की स्थिति में चाँद बीबी के एक सैन्य टुकड़ी ने ही वर्ष 1599 में उनकी हत्या कर दी। जिसके बाद मुग़लों ने घेराबंदी कर अहमदनगर पर अंततः कब्ज़ा कर ही लिया।

रानी रुद्रमा देवी – तेरहवीं शताब्दी की यह वीरांगना ने अपने हिम्मत और सामर्थ्य से भारत का दिल जीत लिया था। काकतीय वंश के राजा गणपति देव की एक लौती संतान रुद्राम्बा, बहु आयामी व्यक्तित्व की स्वामिनी थी। 1259 में जन्मी रुद्रमा देवी ने चालुक्य वंश के वीरभद्र से विवाह रचा था। काकतीय साम्राज्य की राजधानी मौजूदा वारंगल को माना जाता है। पुत्रहीन होने के कारण राजा गणपति देव ने रुद्रमा को ही अपना उत्तराधिकारी घोषित कर दिया और बालावस्था से ही उन्हें प्रशिक्षित करना आरम्भ कर दिया।

पांडया द्वारा हमले के उपरान्त राजा गणपति ने अपने पद को छोड़ कर औपचारिक रूप से

रुद्रमा देवी को काकतीय वंश की रानी के रूप में स्थापित कर दिया। जल्द ही उनके पिता और पति, दोनों की ही मृत्यु हो गई जिसके बाद रुद्रमा देवी को बाहरी और अंदरूनी बगावत का सामना करना पड़ा। एक नारी से आदेश न ले पाने के कारण रानी के कई दरबार के लोग ही बगावत कर बैठे। किन्तु रानी रुद्रमा ने इन सबका परवाह किये बिना हर बगावत का मुँह तोड़ जवाब दिया और शासन पर अपनी पकड़ को मज़बूत किया। उन्होंने देवगिरि के राजा को पीछे हटने पर विवश कर दिया और रेनाडु, सत्ती जैसे महत्वपूर्ण किले पर कब्ज़ा जमा लिया।

रानी रुद्रमा देवी ने वारंगल के क़िले को भी पूरा किया, जिसकी नींव उनके पिता ने रखी थी। रुद्रमा देवी ने जात पात को दर किनार करते हुए नीच जाती के लोगों को पहली बार सेना में शामिल करने का निर्णय लिया जिससे प्रजा में उनकी लोकप्रियता और बढ़ गई। रुद्रमा देवी को अपने समय की सबसे अच्छे और सशक्त शासकों में गिना जाता है।

रानी दुर्गावती – राजपूत राजा कीरत राय की पुत्री दुर्गावती का जन्म सं 1542 में हुआ था। राजा कीरत राय की एक मात्र संतान का विवाह गोंड साम्राज्य के दलपत शाह से हुआ था। रानी दुर्गावती को तीरंदाज़ी और बन्दूक चलाने का काफी अनुभव था और उन्हें चीते का शिकार करने का शौक था। 1950 में पति की मृत्यु के बाद उन्होंने गोंडवाना साम्राज्य का कार्यभार संभाला था। उन्होंने अपने साम्राज्य की उन्नति और विकास इस कदर की थी की मुग़ल साम्राज्य को गोंडवाना भा गया और उसपर कब्ज़ा करने की मुग़ल सल्तनत ने तैयारी प्रारम्भ कर दी।

रानी दुर्गावती मुग़ल की सैन्य संख्या और उनके ताकत से अच्छी तरह से वाकिफ थीं। इसके बावजूद उन्होंने अपने राज्य के सम्मान के खातिर मुग़ल से हार न मान कर, उनसे युद्ध करने का निर्णय लिया। नरई की घाटी के भूगोलिक संरचना का फायदा उठाते हुए उन्होंने मुग़ल से युद्ध किया। सेनापति अर्जुन दास की युद्ध में मृत्यु हो जाने पर उन्होंने स्वयं सेनापति की भूमिका अदा की और और एक प्रचंड युद्ध के बाद मुग़ल को पराजित किया एवं अपने साम्राज्य की रक्षा की। मालवा राज्य के सम्राट बाजबहादुर ने भी कई बार गोंडवाना पर हमला करने की कोशिश की पर हर बार उन्हें हार का सामना ही करना पड़ा था।

मुग़ल सेना ने फिर से अधिक सैन्य बल के साथ गोंडवाना पर आक्रमण कर दिया जिसमें रानी को तीन तीर लगे किन्तु फिर भी वह बड़ी बहादुरी से युद्धभूमि पर डटी रही। अपना अंत समीप देखकर अपने ही कटार को सीने में उतार कर वह वीरगति को प्राप्त हो गई।

रज़िया सुल्तान - दिल्ली के तख़्त पर बैठने वाली एक मात्र साम्राज्ञी रज़िया सुल्तान, इल्तुतमिश की पुत्री थी। 2 भाई होने के बावजूद रज़िया सुलतान को सत्ता अपने कौशल और

समझदारी के कारण मिली। रज़िया बचपन से ही युद्ध कला और युद्ध नीति की माहिर थी। उसे यह सब प्रशिक्षण इसलिए दिए गए थे की वो अपने पति की सहायता कर सकें।

इल्तुतमिश की मृत्यु के बाद उसके पुत्र रक्नुद्दीन फ़िरोज़ शाह ने सत्ता को हथिया लिया, पर भोग विलासिता में डूबे रक्नुद्दीन से प्रजा इतनी त्रसित हो गयी थी की मात्र 6 माह के शासन के उपरान्त ही रक्नुद्दीन समेत उसकी माता को प्रजा ने ही हमला करके मार गिरया। तब रज़िया ने तख़्त पलट कर दिल्ली सल्तनत पर अपना कब्ज़ा कर लिया। रज़िया को एक धर्मनिरपेक्ष साम्राज्ञी के रूप में देखा जाता है। रज़िया सुलतान ने कई शिक्षा के संस्थान खुलवाए थे जिसमें क़ुरान के अलावा, हर धर्म की शिक्षा प्रदान की जाती थी।

भटिंडा के राज्यपाल अल्तुनिया, जिसे एक स्त्री का अधिपत्य स्वीकार नहीं था, उसने बगावत कर दिया। रज़िया और अल्तुनिया के बीच एक युद्ध हुआ जिसमें रज़िया को बंदी बना लिया गया और बाद में अल्तुनिया से रज़िया ने विवाह कर लिया। इस उथल पुथल में रज़िया के भाई मैजूद्दीन बेहराम शाह ने दिल्ली सल्तनत पर कब्ज़ा कर लिया। तख़्त वापस पाने के लिए रज़िया और अल्तुनिया ने बेहराम शाह से युद्ध किया पर एक करारी हार के बाद उन्हें वहां से पलायन करना पड़ा और 14 अक्टूबर 1240 को डाकुओं द्वारा उन्हें लूट लिया गया और उनका क़त्ल हो गया।

रानी अबक्का चौटा – पिता के मृत्यु के उपरांत रानी अबक्का को टुल्लुवा का राज्य मिल गया। यह राज्य कर्नाटक के तटवर्तीय इलाकों में बसा हुआ था। रानी अबक्का का विवाह बंग के राजा से हुआ था। अबक्का के पति ने उन्हें युद्ध नीति और अस्त्र शस्त्र चलाना सिखाया था। पुर्तगाली जो अबक्का का साम्राज्य हथियाना चाहते थे वो इस विवाह से बड़े चिंतित हो गए। किन्तु यह शादी ज़्यादा दिन चली नहीं और रानी अबक्का वापस अपने राज्य में आ गयी। इस बात से क्रोधित रानी के पति लक्ष्मप्पा ने रानी अबक्का के खिलाफ प्रतिशोध ठान लिया था और पुर्तगाल से मिलकर रानी पर हमला भी किया।

पुर्तगाल के कई प्रयास करने पर भी रानी अबक्का ने उनके हर हमले का मुँह तोड़ जवाब दिया और पुर्तग़ालियों को हर बार हार का सामना करना पड़ा। अंत में जब पुर्तगालियों की एक न चली तो छल से उन्होंने रानी अबक्का को बंदी बना लिया। रानी अबक्का अपने समय की काफी बहुचर्चित रानियों में से एक थी। आज भी दक्षिण भारत में उनके वीरता की गाथा वहां के गीत, लोककथाओं और कहानियों के माध्यम से सुनाया जाता है। उनके स्मरण में वीर रानी अबक्का प्रशस्ति सम्मान प्रति वर्ष दिया जाता है।

भारतीय स्वतंत्रता संग्राम में भी नारियों ने बढ़ चढ़ कर हिस्सा लिया था और अपनी जान पर

खेलकर देश को आज़ाद करने के लिए अपना योगदान दिया था। अरुणा आसिफ अली, भीकाजी कामा, रानी लक्ष्मी बाई, बेगम हज़रत महल, कमलादेवी चटोपाध्याय, कप्तान लक्ष्मी सहगल, दुर्गाबाई देशमुख, सरोजनी नायडू, कमला नेहरू जैसे कितने ही नाम स्वतंत्रता संघर्ष से अभिन्न रूप से जुड़े हुए हैं।

आज़ाद भारत में भी महिलाओं ने अपने सुदृढ़ नेतृत्व की छाप छोड़ी और प्रधान मंत्री, राष्ट्रपति, मुख्य मंत्री, राज्यपाल, न्यायाधीश समेत हर महत्वपूर्ण पद पर रहकर देश की तरक्की में अपना अतुल्य योगदान दिया।

प्राची प्रियंका

व्यक्तिगत परिचय

सम्प्रति : असिस्टेंट प्रोफेसर, डिपार्टमेंट ऑफ़ इंग्लिश, शारदा यूनिवर्सिटी, ग्रेटर नॉएडा

शिक्षा : अंग्रेजी में पीएचडी (पाश्चात्य कला और साहित्य पर शोधकार्य)

उपलब्धियां : झारखंड, बिहार और उत्तर प्रदेश कि पत्रिकाओं में कहानी एवं कविता का प्रकाशन, बोकारो (झारखण्ड) से प्रकाशित 'मयूराक्षी' का सह–सम्पादन मोरसेल्स एंड जूसेस का सम्पादन, अंग्रेजी के कई कहानी संकलन में कहानियों का प्रकाशन, अकादमिक पेपर्स प्रकाशित।

प्रकाशित पुस्तकें : 3 पुस्तकें – थिस्टल एंड वीड्स, कास्ट, क्लास एंड जेंडर इन मॉडर्न इंडियन लिटरेचर, वाबी साबी

संपर्क : बी – 601, फ–2, क्रिसेंट अपार्टमेंट, सेक्टर – 50 नॉएडा, उत्तर प्रदेश।

फ़ोन : 98182852894

टुकड़ों में सुख

किसी पिंजरे से छूटे पक्षी की तरह वह कल्पना के घर से बाहर आ गयी लेकिन चिलचिलाती धूप देख दो पल के लिए कदम ठिठक गए। यही सोचकर वह घर से निकली थी कि पास के दुकान से कपड़े खरीदकर अपने परिचित दर्ज़ी को बच्चियों के लिए फ्रॉक सिलने को दे देगी। उन दोनों के स्कूल से आने की प्रतीक्षा करेगी तो नाहक ही एक दिन और टल जाएगा। दुर्गा पूजा शुरू होने में दिन ही कितने बचे हैं! वैसे तो सिले हुए कपड़े देखकर दोनों गाल–मुंह फुलायेंगी, लेकिन उसके मनाने से मान भी जाएंगी। अब रेडीमेड कपड़ों से क्या होड़ लेना – मार्किट में तो एक से एक नयी डिजाइनें आयीं हैं, पर अपने सामर्थ्य को देखकर ही चलने में समझदारी हैं। वैसे ही बच्चियों की पढ़ाई–लिखाई में बहुत खर्च हो जाता है। वह सोचती है घर को सुघड़ता से चलाने की उसकी कोशिश भी अतीत की भूली–बिसरी यादों के सामान है – जितना पकड़ने का प्रयास करो, उतना ही हाथों से फ़िसलती जाती है – किसी जेलीफ़िश की मानिंद, चेतना की अतल गहराइयों में झिलमिलाती, फिसलनभरी और पकड़ से पर। उसपर से अम्मा जी ने गाँव पर घर बनवाने की ठान ली है – नहीं नहीं करके भी कुछ पैसे भेजने पड़ते हैं। बिलकुल हाथ झटक लेना भी तो अच्छा नहीं लगता न। अम्मा कहती हैं गाँव में ही रहेंगी।

शुरू शुरू में तो संजय अम्मा को समझाते, लेकिन फिर छोड़ दिया मानो उन्हें कोई फरक नहीं पड़ता कि अम्मा साथ रहे या नहीं। मुझे दोनों के लिए बुरा लगता है पर कौन किसे समझाए! संजय कहते हैं अम्मा हमेशा ऐसी न थीं। बाबा का अनुशासन जब तक था, अम्मा भी अपनी हदों में रहतीं। सोच भी इतनी संकीर्ण नहीं थी। लेकिन अब हर बात के मायने बदल देती हैं – तर्क करो तो आंसुओं से जवाब देती हैं और आंसू पोंछो तो बच्चों सी हठ करती हैं। कभी कभी दुखी मन से कहते हैं "अम्मा की नज़र में तो मैं उसी दिन नकारा हो गया जिस दिन मैंने तुमसे शादी की।" अम्मा सोचती हैं कि उनका बेटा अपनी बुद्धि खो बैठा है और बहु का पढ़ाया सुना रहा है।

वह जानती है कि अम्मा को वह फूटी आँख नहीं सुहाती। क्या क्या न किया, और क्या क्या न सहा – उनके दिल में अपने लिए थोड़ी सी जगह बनाने के लिए। मगर सब व्यर्थ। प्रकाश कहते हैं कि क्यों इतनी यत्न करती हो, उनके लिए – जिन्हें तुम्हारी कद्र ही नहीं है। रहने दो उनको अपनी सोच के संकुचित दायरों में – जहां समाज सपनों से बढ़कर होता है और परिवार की मर्यादा बेटे के प्रेम से कहीं ऊंचा स्थान रखता है। घूम फिरकर सुई हर बार इसी बात पर अटक जाती कि अम्मा की ज़िद के सामने किसी की नहीं चलती। और इसी बात का अम्मा को रह रह कर

अफ़सोस होता है कि जिनकी आज्ञा के बगैर, उनकी पसंद की अवहेलना कर उनके बेटे ने अपनी पसंद की लड़की से शादी करने का दु:साहस किया। कुछ मलाल दहेज़ न मिलने का था, और बाकी दु:ख इस बात का किसी और जाति की लड़की ने उनके पवित्र रसोई घर में प्रवेश किया – जाने कितने ताने, तिरस्कार सुन कर अनसुना करती आई है वो। संजय के कान तक बात जायेगी, तो घर में जो माँ–बेटे के बीच की खाई बढ़ती जायेगी – इसलिए बात को बढ़ने न दिया।

कुसुम थक गयी, माथे पर पसीने की बूँदें चमकने लगीं पर दूर दूर तक कोई रिक्शा ऑटो नज़र नहीं आ रहा। बड़े लोगों का मोहल्ला है – धूप का चश्मा लगाए लोग सरसराती हुई गाड़ियों में गुज़र जा रहे थे। गर्मी की तपती दोपहरी में सुनसान सड़क पर एक वो ही चली जा रही है। कल्पना ने एक बार तो ड्राइवर भेज उसे घर तक छोड़ आने का ज़िक्र किया होता – उसका मन कसैला हो गया। बरसों बाद बीच मार्किट में अकस्मात् टकरा जाने पर जिस तरह उसकी सहेली ने अपने घर चलने के लिए आग्रह किया, वह मना नहीं कर पायी। स्कूल में दोनों एक ही क्लास में पढ़ते थे – कुछ घनिष्ठ दोस्ती तो नहीं थी उन दोनों में, पर पुराने दिनों की याद से कुसुम के चेहरे पर ख़ुशी की लहर दौड़ गयी।

लेकिन तब उसे तनिक भी अंदाजा न था कि कल्पना उसे अपने वैभव और समृद्धि की कहानी बखान करने के लिए ले जा रही है – या शायद उसकी गरीबी का उपहास करने के लिए! उसके जेवर कपड़ों से तो उसे समझते देर न लगी कि कल्पना जैसी ज़िन्दगी चाहती थी, वह जी रही है; लेकिन अपने सुख–सुविधाओं की प्रदर्शनी के लिए उसे खींच अपने घर ले जा रही है, उसे ऐसा ख्याल भी न आया। जिस सहृदयता से वशीभूत होकर वह अपनी बचपन की सहेली के साथ इतनी दूर चली आई, वह उसके घर पहुंचकर कहीं गुम हो गयी थी।

घर क्या था – सफ़ेद रंग का भव्य बँगला, जैसा वह अब तक फिल्मों में देखती आई है। दो चमचमाती गाड़ियों दरवाज़े पर और सलाम ठोकते जाने कितने ड्राइवर, माली और नौकर–चाकर। अंदर मखमली दरियां थीं, मंहगे प्रतीत होते फर्नीचर, बड़े बड़े फानूस उअर उससे भी बड़ी पेंटिंग्स। उसकी बेटियां साथ होतीं तो मुंह बाए एक एक चीज़ को निहारतीं; पर उसने विस्मय को हौले से समेटा और सहेली से कहा "बहुत सी सुन्दर घर है तुम्हारा। और बताओ, कैसी हो?"

उसके बाद कल्पना अपने पति के पोस्ट और प्रमोशन की कहानियाँ सुनाती गयी, विदेश भ्रमण की तस्वीरें दिखाई। कुसुम को थोड़ा क्षोम भी हुआ कि आज उसके पास ऐसा कुछ भी जताने या बताने लायक नहीं है जिसे जानकार अपने गुरूर में इठलाती कल्पना तनिक विचलित हो जाये। ऐश्वर्य की चकाचौंध में उसे अपने घर का सुख कुछ फ़ीका और मामूली सा जान पड़ रहा था।

घर आकर भी कुसुम का मन उखड़ा सा ही रहा, जैसे किसी अधूरे आवेग की कतरन मन में लटक रही हो। कुसुम अनमनी सी घंटों अपने छोटे से कमरे के बिस्तर पर लेटी पुराने दिनों के बारे में सोचती रही। कॉलेज में संजय से मिलना और फिर टूट कर प्यार करना, घर वालों का विरोध सहना, कोर्ट में छुपकर शादी करना और फिर पत्नी और माँ बनना। यह सब सहज कहाँ था, और मामूली तो कदापि नहीं। उसने खुशियाँ चीज़ों में कभी नहीं तलाशी; फिर आज कल्पना के घर से आकर उसे अपना कद छोटा क्यों लग रहा है? उसने अपने मन की आवाज़ को फटकारते हुए कहा – "तलाशी नहीं थी – पर मिल जाती तो क्या बुरा था। क्या उसे शौक नहीं होता कि कभी छुटियाँ मनाने कुल्लू मनाली जाए, पति स्कूटर की बजाय कार से ऑफिस जाये और महीने में एक बार तो किसी अच्छे होटल में खाना खाने जाएँ। अम्मा की छोटी बड़ी बिमारी, घर के रख रखाव और बिजली, पानी के खर्च के बाद कुछ बचता भी है तो बच्चियों की पढ़ाई के लिए जमा कर दिया जाता है। उसने बेटे जने होते तो एक एकबार अम्मा उसे अपनाने की भी सोचतीं, मगर दूसरे जाति की बेटी और दो बेटियों की माँ – जिसने उन्हें एक पोते का भी सुख न दिया, उसका अपराध तो अक्षम्य है।

आँखों की कोर से दो आंसू छलक आये तो पता नहीं कहाँ से आकर संजय ने लपक कर उन्हें अपनी मुट्ठी में कैद कर लिया।

"अरे, आप कब आये? मुझे पता ही न चला।" कुसुम बिस्तर से उठने की मुद्रा में बैठ गयी।

"कैसे पता चलता। आप किसी के ख्यालों में जो खोयी हुई थीं?" संजय अब तक कपड़े बदल चुके थे।

कुसुम के चेहरे पर हलकी मुस्कराहट फ़ैल गयी।

"वैसे, मेरी बीवी रो क्यों रही थी?"

"रो कहाँ रही थी? आप भी न, तिल का ताड़ बना देते हैं!" कुसुम ने मुंह बनाते हुए कहा।

"अम्मा ने फिर कुछ कहा क्या?" संजय उसके बालों पर हाथ फेर रहे थे।

"आप हर बात पर अम्मा को क्यों बीच में लाते हैं?" कुसुम थोड़ी देर के लिए नाराज़गी ओढ़ लेती है।

"अब कहाँ चल दी?" संजय ने बाहें फैलाये पुकारा। एक पल को मन किया कि दौड़कर उनकी आगोश में बंध जाए।

तभी रसोई से उखड़ी हुई आवाज़ आई "कुसुम, चाय मिलेगी भी या नहीं?" लगता है अम्मा संध्या पूजा कर चुकी हैं। आज उसे समय का पता ही न चला।

"अभी आई, अम्मा"

बच्चों को भी दूध पीने भी देना है। खेलने निकल गयीं तो अन्धेरा होने से पहले थोड़ी न आएँगी दोनों।

अब तक संजय उसके पीछे आकर खड़े थे। उनकी गर्म सांसें रुक जाने का निवेदन कर रहे थे। आँखें शरारती हो गयीं थीं और मन चंचल। ऐसे ही सैकड़ों पलों को बड़े जतन से तह कर अपनी यादों की गठरी में संभाल लेती थी वह। समर्पण की हामी भरने ही वाली थी की रसोई से फिर आवाज़ आई।

"बस, दो मिनट में आई – चाय देकर।" कुसुम ने संजय को लगभग पुचकारते हुए कहा और रसोई में अम्मा जी की सेवा में जुट गयी।

जब लौटी तो संजय ऑफिस के काम में व्यस्त हो चुके थे। चाय रख वह बच्चों को पढ़ाने बैठ गयी। रात का खाना भी बनाना था। अम्मा के लिए बिना प्याज–लहसुन की सब्जी बनायी। अम्मा कुढ़ी हुई कमरा अँधेरा करके लेटी रहीं। पूछने पर पता चला कि बड़ी बेटी गुनगुन से किसी बात पर बहस हो गयी और अब अम्मा ने प्रण लिया है कि इस घर के खाने का एक निवाला भी मुंह में नहीं डालेंगी।

"सर चढ़ा कर रखा है तुम दोनों ने अपनी बच्चियों को। थोड़ी सी बात बोल दो तो काटने को दौड़ती हैं! लड़कियों को ऐसा होना शोभा नहीं देता। सुनना और सहना औरत के आभूषण होते हैं। ....पर तुमसे कहकर क्या फायदा – संस्कार और सम्मान की शिक्षा तुम कहाँ से दोगी उनको। अच्छे घर का लड़का देखकर मेरे बेटे को फंसा लिया। छिः .... जो खुद घर से भागकर शादी करेगी वो अपनी बेटियों को क्या सिखाएगी?"

कुसुम भीतर से छलकी पर उसने संवाद का रास्ता बंद रखा। जड़ बनकर सुनती रही। डर था कि आवाज़ सुनकर संजय न आ जाएँ। तकलीफ थी कि अम्मा ने एक बार तो बच्चियों का लिहाज़ किया होता पर नहीं आज अपने मन की सारी कड़वाहट उगलने पर उतारू थीं। अम्मा धाराप्रवाह बोलती जा रही थीं और वह कमरे के कोने में खड़ी चुपचाप अपराधी भाव से उनके लगाए लांछन ओढ़ती रही।

बहुत कोशिशों और मान मनुहार के बाद अम्मा खाना खाने को तैयार हुईं तो उसकी जान में जान आई। पर ऐसा कब तक चलेगा। उसकी सहनशक्ति की भी एक सीमा है। शायद संजय ठीक ही कहते हैं, रोज़ के झगड़ों का असर बच्चों के व्यवहार पर पड़ रहा है। अपनी माँ के बारे में गलत बातें सुनने को गुनगुन तैयार नहीं – कितना समझाया तब जाकर अनमने भाव से उसने दादी

से माफ़ी माँगा। संजय ने उन्हें गलत बात सहन करना नहीं सिखाया। अपने पति की दी गयी शिक्षा का सम्मान करे या अम्मा का पढ़ाया पाठ याद कराये। संजय उससे भी अक्सर कहते हैं – "अपनी बात रखना सीखो कुसुम – क्यों सहती हो ये सब। सही का साथ दो। गलत का विरोध करो।"

अब पानी सर से ऊपर जा चुका है। उसने निश्चय कर लिया। कल सुबह वह अम्मा से अपने मन की बात ज़रूर कहेगी।

कमरे में खाना लेकर पहुंची तो संजय अब भी बची खुची फाइल निपटा रहे थे। उसे देख तनिक मुस्कुराये और फिर काम में जुट गए। वह पास बैठकर मैगज़ीन के पन्ने पलटने लगी। खूबसूरत घरों के फोटो देख उसे अनायास कल्पना के घर की याद आ गयी। सुव्यवस्थित, सुसज्जित और बिलकुल होटल–नुमा। बड़े बड़े कमरे और करीने से राखी हर चीज़। मानो कोई उन्हें कभी छेड़ता ही न हो। उसका तो दम घुट जाए ऐसे चुभने वाले सन्नाटे से। पता नहीं क्या ज़रूरत आन पड़ी कि सात साल के इकलौते बेटे को बोर्डिंग स्कूल में पढ़ने भेज दिया। यहाँ अच्छे स्कूल नहीं थे क्या? जाने क्या गुज़रती होगी उस अबोध से बच्चे पर – घर से कोसों दूर! कलेजा नहीं कटता कल्पना का!

उसका ह्रदय छटपटा उठा। दूसरे कमरे में सो रही बच्चियों को एक नज़र देखने चली गयी। जब तक लौटी, संजय खाना खा चुके थे।

"सुनो न, हम आइस–क्रीम खाने चलें!" उसने सहमते हुए पूछा।

"अचानक?"

"बस यूँ ही – दिल कर रहा है।"

"जो आज्ञा मैडम" कहते हुए संजय थोड़ी देर में स्कूटर की चाभी लेकर बाहर आ गए।

पूर्णिमा की हलकी रौशनी में नहायी पुरानी इमारतें भी कितनी मादक लग रही थीं। कॉलेज के दिनों में शाम को ट्यूशन से आते वक़्त कभी कभार वह संजय के साथ स्कूटर पर थोड़ी देर घूम आती थी। घर वालों के डर से ठीक से बैठ भी नहीं पाती। पर आज किसका डर! वह संजय के और समीप खिसक आई और बड़े प्यार से एक हाथ उसके कंधे पर और दूसरा उसकी कमर पर रख स्वयं रोमांचित हो उठी।

संजय ने नटखट अंदाज़ में कहा "मैडम, आइसक्रीम खाना है या मूड बदल गया है?"

वह लाज से गुलाबी हो गयी। तार तार मानो झंकृत हो उठा।

सुख के इन्हीं छोटे छोटे टुकड़ों में ही तो उसकी ज़िन्दगी बसती थी।

प्रियंका प्रियदर्शिनी

व्यक्तिगत परिचय

शिक्षा	:	एम ए (इतिहास), एम ए (शिक्षा), बीएड
सम्प्रति/कार्य	:	सहायक शिक्षिका, मध्य विद्यालय मलहाटोल, सीतामढ़ी
लेखन विधा	:	कहानी, कविता, संस्मरण
प्राप्त सम्मान	:	पंडित मदन मोहन मालवीय राष्ट्रीय शिक्षक एवं शिक्षा मिशन पुरस्कार 2020
सामाजिक कार्य	:	महिलाओं का डिजीटल सशक्तिकरण, सुदूर ग्रामीण क्षेत्रों में महिला साक्षरता कार्य, सोशल प्लेटफार्म के मदद से गरीब बच्चों की शिक्षा में मदद करना आदि।
दायित्व	:	NEP 2020 के आलोक में NCF 2021 के लिए आधारपत्रों के लेखन कार्य में सम्मिलित सदस्य (बिहार में)
पता	:	प्रतापनगर, सीतामढ़ी
ईमेल	:	pkjha2209@gmail .com
दूरभाष	:	8789454310

'अखिल-प्रिया' एक सच्ची प्रेम कहानी

अखिल-प्रिया, एक ऐसी सच्ची प्रेम कहानी है जिसकी कल्पना सहजता से नहीं की जा सकती। आज के दौर में जहाँ लोग कपड़े के तरह अपना प्रेम संबंध बदलते रहते हैं, उस दौर में अखिल और प्रिया ने एक-दुसरे को बिना देखे और बिना जाने अटूट प्रेम किया। यह कहानी सिर्फ प्रेम की ही नहीं बल्कि प्रिया के साहस को भी दर्शाती है जो उसने समाज के बनाये नियमों के विपरीत अपने जीवन और आत्मसम्मान को ज्यादा महत्वपूर्ण साबित किया। अखिल ने भी प्रिया के दर्द भरें अतीत को अपने प्यार की रौशनी से जगमगा कर एक नई प्रेम के सफर की शुरुआत की।

आज घर पर पापा नहीं थे इसलिए माँ मेरे कमरे में सोने के लिए आ गई थी। कुछ देर इधर उधर की बातें करते माँ को नींद आ गयी और मैं भी अर्द्ध निद्रा की अवस्था में आ गयी थी। रात के 11बजे के करीब मेरे मोबाइल पर तीन-चार मैसेज लगातार आए, मैसेज के टुन टुन आवाज से नींद पूरी तरह खुल गई। मोबाइल उठा कर देखा तो "अखिल" जी का मैसेज था, एक पल के लिए मन सोच में पङ गया कि आखिर ये इतनी रात को मुझे मैसेज क्यों कर रहे हैं। फिर अनमने ढंग से मैसेज को खोल कर देखा तो मैं एकदम से स्तब्ध हो गई, दिल की धङकने भी मैसेज पढने के साथ तेज होती चली गई। आखिर वो ऐसा कैसे कर सकते थे, सारी रात मेरी आँखों के सामने वो मैसेज घूमता रहा.... प्रिया जी आई लव यू....... डू यू लव मी और नौट.....

......महीने भर पहले तक तो हम एक दूसरे को जानते तक नहीं थे। कोई तीन या चार दफा हमारी बातचीत हुई होगी और कुछ जोक्स वाले मैसेज का आदान प्रदान था। पर इसमें ये प्यार वाली बात कहा से आ गई, मेरी समझ से परे था। आखिर ऐसा कैसे संभव था कि जिस इंसान से ना मैं कभी मिली थी और ना उसने मुझे कभी देखा था, वो इंसान मुझसे प्यार का इज़हार कैसे कर सकता था। आखिर वो मेरे बारे में जानता ही कितना है। ऐसे कोई किसी से प्यार कैसे कर सकता है। मैंने तो अपनी बातो मे ऐसा वैसा कोई भाव भी नही दिया था जिससे कोई मेरी ओर आकर्षित हो। मन में बङे ही अजीब अनजाने से भाव आ-जा रहे थे........... इसी उधेड़बुन में कब नींद आ गयी पता ही नहीं चला.........

सुबह जब नींद खुली तो माँ बिस्तर पर नहीं मिली, शायद मैं ही देर तक सोयी रह गयी थी। अचानक से रात वाली मैसेज की याद आयी। मैं हङबङा के अपना मोबाईल उठायी कि अखिल के भेजे मैसेज को डिलीट कर दूं। पर अचानक से उगलियां रुक गई और मन में आया कि एक बार

और उस मैसेज को डिलीट करने से पहले पढ लूँ। फिर से वो प्यार भरी लाईन्स मेरी नजरों के सामने था "प्रिया जी आई लव यू, डू यू लव मी.... पता नहीं क्यों उस लाईन में ऐसा क्या था, दो तीन बार और पढ कर उसे यू ही रहने दिया। मैं मैसेज को डिलीट नही कर सकी।

समय देखा तो बहुत बीत चुका था और मैं ऑफिस के लिए लेट हो रही थी। मोबाइल को बेड पर ही छोड़ जल्दी जल्दी तैयारी करने लगी ऑफिस जाने की। इसी बीच अखिल जी का कॉल मेरे मोबाइल पर आया। कुछ समझ में नहीं आ रहा था कि कॉल रिसीव करू या नहीं। एक दो बार रिंग होते रहने दिया, फिर हिम्मत कर के कॉल रिसीव किया और खुद को संयमित रखते हुए "हैलो " बोला मैंने, उसने बडे ही प्यार से मुझ से मेरा हाल खबर लिया।

मै मन ही मन भगवान से बोल रही थी कि ये रात वाली मैसेज की मुझसे बात ना करे। क्योंकि मैं इस बारे में बात कर किसी भी तरह की बात या उम्मीद को बढ़ावा नहीं देना चाहती थी। पर अखिल इस इंतजार में था कि मै कब रात वाली मैसेज का जिक्र करू और वो अपने दिल का हाल खुल के मुझ से बोल सके।

पर जब मैंने किसी भी तरह की बात नहीं कि तो उसे रहा नहीं गया और उसने मुझे कहा कि कल प्रपोज डे था, ... तो मैं अनभिज्ञता जाहिर करते हुए कहा ....अच्छा... तो। तब उसने खुद ही बोला कि मुझे जिसे प्रपोज करना था मैंने कर दिया, अब बस उसके जबाब का इंतजार कर रहा हूँ। उसकी बेबाकी से की गई बातें मेरे मन को परेशान कर रही थी, इसलिए मैनें ऑफिस के लिए लेट हो रही हूँ, कहकर फोन काट दिया। कुछ पल के लिए मै शीशे के सामने जडवत खडी रह गई ....

उस दिन रात तक उसके कितने कॉल और मैसेज आते रहे और मैं सबको नजर अंदाज करती रही।

वो मेरा जबाब जानने को बेचैन था कि मुझे भी उससे प्यार है कि नहीं। पर मै बिल्कुल उसके विपरीत मनोस्थिति मे थी। मैं प्यार करना तो दूर किसी को अपने पास भी नही आने देना चाहती थी..... पर मै अखिल को सीधे तौर पर इंकार भी नहीं कर पा रही थी और ना ही उसके प्रेम प्रस्ताव को अपना पा रही थी। क्योंकि मेरा अतीत मुझे इसकी इजाजत नहीं दे रहा था कि मै किसी से प्रेम करु या खुद को इस प्रेम के योग्य समझूँ। इसी कशमकश में वो रात भी बीत गयी। .... सुबह जागी तो मन भारी –भारी सा लग रहा था।

माँ ने चाय की कप हाथ में देते हुए कहा कि आज ऑफिस नहीं जाना? अभी तक बेड पर ही हो। इतना कहकर वो चली गई और मै चाय की चुस्कियां लेते हुए अपनी मोबाईल को ऑन किया।

पर अखिल का कोई भी नया मैसेज नहीं आया था, फिर सोचा कि चलो अच्छा है कोई मैसेज नहीं आया है तो। फिर मैं ऑफिस के लिए तैयार होने लगी। दिनभर काम के दौरान भी अखिल का कोई मैसेज या कौल नहीं आया। थोड़ा अजीब लगा कि उसने आज कोई कॉल या मैसेज क्यों नहीं किया। फिर अपने आप से कहा कि मुझे क्या फर्क पड़ता है वो कॉल करे या ना करे.......

आज वेलेन्टाईन डे का दिन था। आज भी सुबह से उसका कोई अता-पता नहीं था। मैंने भी जानने की जरूरत नही समझी, क्योंकि मैं उसे अपनी तरफ से कोई भावना जागृत नहीं होने देना चाहती थी। आफिस टाइम भी उसका कोई कॉल या मैसेज नहीं आया। मै हैरान थी, क्योंकि मैं बार बार अपने मोबाइल को चेक कर रही थी कि उसने कोई मैसेज तो नहीं किया।

शाम को घर लौटीं तो थोड़ा अजीब लग रहा था इसलिए छत पर टहलने को आ गयी। अभी कुछ ही पल बीते थे कि मोबाइल की धंटी बज उठी। अखिल का फोन था, देखकर मन खुश हो उठा, पर अगले ही पल अपने आप को संयमित करते हुए हैलो बोला। और खुद को इस तरह पेश किया कि मुझे कोई फर्क नहीं पड़ता, उसके कॉल या मैसेज करने या नहीं करने से। उसके सब्र का बांध टूट गया।

अखिल ने खुले शब्दों में बोल दिया -मै आपको बहुत प्यार करता हूँ और आपके बिना अपने जीवन की कल्पना नहीं कर सकता। मुझे नहीं पता कि आप कैसी दिखती हो, पर उससे कोई फर्क नहीं पङता। आपकी प्यारी आवाज ही मेरी जिंदगी बन गयी है....... वो बोले जा रहा था और मेरा दिल जोरो से धङकता जा रहा था और मैने एकदम से चीख कर कहा-नही यह नहीं हो सकता। मैं तुमसे प्यार नहीं कर सकती।

अखिल ने जोर देकर कहा कि आखिर क्यों नहीं प्यार कर सकती। मैंने गुस्सा होते हुए कहा कि आखिर कितना जानते ही हो मेरे बारे में। मै तुम्हारे लायक नहीं हूँ। अखिल ने जोर देकर कहा कि मेरे लायक कौन है कौन नहीं, इसका फैसला तुम कैसे कर सकती हो। मेरा प्यार सिर्फ तुम्हारे लिए है और जीवन भर तुम्हारे लिए ही रहेगा...... वो मेरी एक भी बात सुनने के लिए तैयार ना था। अंतत: मैने एकदम कङे शब्दों में उसे कह दिया कि मैं उससे प्यार नहीं करती और वो आइंदा से मुझे कॉल या मैसेज नहीं करे। और फिर मैने मोबाईल को स्वीच औफ कर दिया।

रात को ढंग से खाना भी नही खा सकी। सोने के लिए बिस्तर पर आयी तो मन बहुत बेचैन महसूस हो रहा था। जिस तरह से अखिल को डांटा मैनें वो कही से भी सही नहीं था। आखिर उस बेचारे की क्या गलती थी। उसे कैसे पता होगा कि आखिर उसके प्यार को अपने किस काले अतीत के रंग के कारण ठुकरा दिया। अचानक से आखो से झर- झर आसू बहने लगे। मैं फूट

फूट कर कंबल में लिपट के रोने लगी। रोते-रोते कब नींद आ गयी और सुबह हो गई पता ही नहीं चला। मेरा मोबाइल अभी भी बंद था।

मैंने मन ही मन निश्चय किया कि मुझे मजबूत बनना होगा। मै अखिल से अब बात ही नहीं करूगीं, कुछ दिन में वो खुद मुझे भूल जाएगा। इसी निश्चय के साथ मैने अपना मोबाइल ऑन किया और ऑफिस के लिए जाने की तैयारी करने लगी। अखिल के कौल और मैसेज आते रहे, पर मैं सब नजर अंदाज करती चली गई। ऐसा कोई भी दिन नहीं होता जब वो मुझे कौल या मैसेज नहीं करता। दिन बीता महीने बीते पर उसकी कोशिश जारी थी मुझे मनाने की। मै भी हर रात एक अपराध बोध में गुजारती कि आखिर इतनी निष्ठुर मैं कैसे हो गई.......

आज मै बहुत खुश थी। क्योंकि मेरे छोटे भाई की दुल्हन पहली बार घर आ रही थी। पुरे घर को मैने बडे ही प्यार से सजाया था। और हम सभी बेसब्री से दुल्हन का इंतजार कर रहे थे। तभी कौल आया कि दुल्हन के जो इकलौते भाई हैं, उनका सेलेक्शन सिविल सेवा के लिए हो गया है और कल ही ज्वाइन भी करनी है। ऐसे में वो अपनी बहन को ससुराल में छोडने नहीं आ सकते है। फिर शादी में शामिल उनके किसी अजीज दोस्त ने कहा कि भाई तू जाके नौकरी ज्वाइन कर, अपनी बहन को ससुराल तक मैं पहुँचा कर आऊंगा और एक भाई की सारी रस्में भी निभाउंगा......

शाम को दुल्हन आयी और हम सभी ने नयी दुल्हन को गाडी से उतारने के लिए रस्म की थाल सजा कर गए पर दुल्हन का मुंहबोला भाई नजर नहीं आया। फिर हमने रस्मों के साथ दुल्हन का गृह प्रवेश कराया। सभी बहुत खुश थे। पर जो दुल्हन के साथ भाई बनकर आया था वो अपने मोबाइल पर ही बिजी था। शायद किसी को बार-बार कौल किए जा रहा था और उसकी बात नहीं हो पा रही थी। देखने में वो काफी हैंडसम था। सारी लडकियों का ध्यान उसी के तरफ था, पर इनसब बातों से बेपरवाह वो अपने मोबाइल पर व्यस्त था।

मैंने उसे चाय-नाश्ता देकर अपने कमरे में आ गयी......

कमरे में आयी तो देखा कि अखिल कॉल कई बार आया हुआ है और बहुत सारे मैसेज भी। वो बार बार एक ही मैसेज कर रहा था कि एक बार बात कर लो, बहुत जरूरी है। इसके बाद कभी नहीं बात करना। मैंने सोचा कि आखिर क्या बात है, कर ही लेती हूँ एक बार कॉल। घर में तो मेहमानों का जमावड़ा था। इसलिए चुपके से मैं छत पर चली आई। और उसका नम्बर डायल किया, पर रिंग होने के पहले ही कॉल काट दिया। फिर सोची मैसेज कर के ही पुछ लेती हूँ कि आखिर क्या बात करनी है।

जैसे ही मैनें मैसेज कर उसे पुछा, उसने कौल कर दिया और मैनें भी कॉल रिसीव किया। हाल खबर एक दूसरे का लिया। इतने दिन बाद बात करके मुझे भी बहुत अच्छा लग रहा था। फिर मैनें उससे पूछा कि आखिर क्या बात करनी थी, क्यों इतने सारे मैसेज कॉल किए। अखिल ने कहा कि मैं तुम्हारे शहर में हूँ और तुम जहाँ रहती हो उसी मुहल्ले मे। एक दोस्त की बहन की विदाई की रस्में निभाने। क्या एक बार तुम मुझे मिल सकती हो। बहुत इच्छा हो रही है तुमसे मिलने की.... मैं कुछ बोल पाती कि उससे पहले ही मैं किसी से टकरा गई और मेरा मोबाइल हाथ से नीचे गिर गया और उसकी बैटरी बाहर आ गयी।

मैने मोबाइल उठा कर देखा तो वो दुल्हन का भाई था जिससे मैं टकरा गई थी और वो अपने मोबाइल पर हैलो हैलो कर रहा था। मन ही मन गुस्सा मसोसकर फिर से मोबाइल औन किया और अखिल को फोन लगाया। उसने दुखी आवाज में मुझसे बोला कि प्रिया, क्यों इतनी नफरत है मुझसे। सिर्फ प्यार ही तो किया है तुमसे। क्या एक बार नहीं मिल सकती। मैं कुछ देर चुप रही, फिर एक लंबी सांस लेकर बोली कि ठीक है तुम बताओ किसके यहा आए हो। फिर उसने जो नाम बताया तो मेरा दिल धक से रह गया। धड़कने इतनी तेज हो गयी कि मैं कुछ बोल नही पा रही थी और वो बोले जा रहा था कि क्या हुआ प्रिया, तुम कुछ बोल क्यों नहीं रही...... अखिल कोई और नहीं वही दुल्हन का भाई था जो अभी मेरे साथ साथ छत के दुसरे कोने पर मोबाइल पर बात कर रहा था। मेरे आंखों में आंसू आ गए।

मै उसके नजदीक जा कर पीछे से उसके कंधे पर हाथ रखते हुए थरथराते होठों से कहा"अखिल"। वो तेजी से पीछे मुड़ा और असहज होते हुए चार कदम पीछे हो गया। वो मुझे नहीं पहचान पाया था। पहचानता भी कैसे, कभी मुलाकात भी तो नहीं थी। मैंने अपने मोबाइल से उसे कौल किया और स्पीकर औन कर दिया।

उसकी आवाज उसी के कानों में जब गयी तो वो आश्चर्य से मेरे करीब आया। उसे विश्वास नहीं हो रहा था कि मैं ही उसकी प्रिया हूँ। उसकी खुशी उसके आंखों से छलकने लगी थी और वो अचानक से मेरे एकदम पास आ कर मुझे अपने सीने से लगा लिया और रोने लगा, प्रिया मैं तुमसे बहुत प्यार करता हूँ। मुझे खुद से दूर मत करो। देखो भगवान भी यही चाहते हैं कि हम एक साथ रहें, नहीं तो मैं ऐसे कैसे तुमसे मिलता, वो भी तुम्हारे ही घर में........

मैंने भी उससे पूरी तरह लिपटी थी, पर अचानक से एक झटके में खुद को अखिल के बाहों से अलग कर दिया। वो बेचैन हो उठा और मुझसे पूछने लगा कि आखिर वो कौन सी बात है जो तुम्हे मेरे करीब आने से रोकती है......

मै अखिल के बातों को अधूरा छोड़ कर ही वहा से चल दी और अपने कमरे में जा कर बंद हो गई। अखिल ने कितने मैसेज किए, फिर भी मैने जबाब नही दिया। कुछ देर बाद सबको डिनर के लिए बुलाया गया। मैंने सबका खाना लगाया, पर अखिल ने कहा कि वो अभी नहीं खाएगा। सभी खा कर अपने कमरे में सोने चले गए और अखिल को खिलाने की जिम्मेदारी देकर माँ भी नयी बहू के पास आ गयी। मैनें अखिल को खाने के लिए बुलाया कि खाना खा लो अब मुझे सोना है, काफी थक गए हैं। वो खाने के टेबल पर आया और धीमी आवाज में गाया -तूने साथ जो मेरा छोड़ा, दीवान तेरा मर जाएगा। मैने गुस्से से उसे देखा और फिर उसे खिलाकर सोने चली गई। वो रात को भी सारी रात मुझसे बात करने की कोशिश में लगा रहा.........

सुबह जब उठी तो देखा वो तो मेरे परिवार के लोगों के साथ एकदम घुल-मिल गया था। सबको खूब हंसा रहा था। मैं सबको चाय बना कर दी, तब उसने सबके सामने कहा कि आपके यहाँ का शिव मंदिर बहुत प्रसिद्ध है, हमें दिखाएगी नहीं। इस पर सभी बोल पड़े, क्यों नहीं। प्रिया मंदिर घुमा आ आओ अखिल जी को। ना चाहते हुए भी मुझे अखिल को मंदिर घुमाने के लिए आना पड़ा। आज मंदिर में भीड़ बिल्कुल भी नही थी। मंदिर में हमने साथ में पुजा अर्चना की। तभी मेरा हाथ पकड़ कर अखिल ने कहा कि भगवान के दरबार में हो, आज कुछ भी मत छुपाना। आज तुम्हारे अंदर जो भी बात है, जो भी अतीत है तुम्हारा, खुल कर बोल दो।

उसकी तड़प मुझसे अब और नहीं देखी गई और मैने सब कुछ कहने का सोच लिया। भगवान से हिम्मत मांग कर मंदिर के कैम्पस में ही एक बेंच पर अखिल के साथ बैठीं और उसे अपने बारे में बताना शुरू किया.......

आज से दो साल पहले मेरी शादी हुईं थी। मैं बहुत खुश थी अपनी शादी को लेकर। क्योंकि मैं किसी और के साथ प्यार में नहीं थी, इसलिए माता पिता के पसंद के लड़के से बहुत खुश थी। मैंने सोच रखा था कि जब हम मिलेगें तो एक दोस्त की तरह बात करेंगे और बहुत प्यार से रहेगें। पर मेरा सपना इतनी बुरी तरह से टूटा जिसकी कोई कल्पना भी नहीं कर सकता। शादी के पहले ही दिन उसने मेरे साथ जो वहशीपन दिखाई, उससे मेरा शरीर ही नहीं दिल और आत्मा भी छलनी छलनी हो कर रह गए।

मै एकदम सदमे में चली गई। दो दिन तक कुछ समझ नहीं आया कि क्या करु, कहाँ जाऊ, किससे अपना दुखड़ा सुनाऊँ और क्या कहूँ, कैसे कहूँ। शर्मिंदगी की जंजीर में जुबान भी जकड़ी पड़ी थी। जब माँ ने मेरे उतरे चेहरे को देखकर पुछा तो सब्र का बांध टूट गया। मैं उनसे लिपटकर फूट फूट के रोने लगी। माँ घबरा के रोने लगी कि क्या हुआ। जी भर के रो लेने के बाद मैनें एक

फैसला लिया जिसकी कोई कल्पना भी नही कर सकता था।

मैंने अपने परिवार वालो को बोल दिया कि " मैं इस इंसान के साथ अपना सारा जीवन नहीं बीता सकती। "सभी स्तब्ध थे, मैंने कहा कि अगर आप लोगो ने सामाजिक इज्जत के नाम पर इस इंसान के साथ जीवन बिताने के लिए छोड़ दिया तो फिर आप मुझे खो देगें हमेशा के लिए। मैंने अपनी सारी आपबीती माँ-बहन को बतायी। सब क्रोध से भर उठे और उसी वक्त मेरे जीवन से उस इंसान को निकाल फेंका। उस लड़के ने कितने ही कोशिशें की मुझे पाने की, पर मैं नहीं मानी और मेरे हर फैसलें में मेरा पूरा परिवार मजबूती के साथ खड़ा रहा........

और तब से लेकर आज तक मैंने अपने जीवन में किसी को नहीं आने दिया, क्योंकि मुझे शादी-ब्याह के नाम से भी नफरत सी हो गई है। इसलिए मैं तुम्हें भी अपने जीवन में नहीं आने देना चाहती हूँ। क्योंकि मैं तुम्हारे लायक नहीं, तुम्हारे प्यार के लायक नहीं...... और इतना कहकर मैं रोने लगी।

कुछ पल अखिल चुप रहा, मुझे रोने दिया। फिर मेरे हाथ को अपने हाथ में लेते हुए बडे ही शांत स्वर में बोला... प्रिया तुम्हारे साथ जो हुआ बहुत गलत हुआ। पर वो अतीत था, वो आज नहीं है। अतीत के बुरे अनुभव को भूल कर नयी शुरुआत करना ही जिंदगी है। और जहाँ तक मेरी बात है कि तुम मेरे लायक हो या नहीं, इस बात का फैसला करने का अधिकार सिर्फ और सिर्फ मुझे है। तुम ये फैसला नहीं ले सकती। तुम्हारे अतीत के घटनाओं से मेरे प्यार पर कोई असर नहीं पड सकता। मैं आज भी तुम्हे वैसे ही प्यार करता हूँ और करता रहूंगा, जैसे इन सब बातो को नहीं जानने से पहले करता था। मेरी नजर में तुम्हारी इज्जत और भी बढ गई है कि मैं एक ऐसी लड़की से प्यार करता हूँ जो दुनिया की परवाह किये बिना अपने जीवन के प्रति सही फैसला कर सकी और उस पर कायम रही। तुम सच में बहुत स्पेशल हो प्रिया। आई लव यू प्रिया, रियली आई लव यू.... मेरे हाथों को दबाते हुए कहा उसने।

मैं अचरज से उसे देखते हुए कहा कि तुम को इतनी बड़ी बात बतायी और तुम्हे कोई फर्क नहीं पडा। उसने मुझे अपनी बाहो में लगभग खीचते हुए कहा – बडी बात तुम्हारे लिए होगी, मेरे लिए तुम्हारे प्यार से बडी बात और कुछ भी नही। अब तो बोल दो कि तुम भी मुझे प्यार करती हो या नहीं....... मेरे गालों का रंग अब लाल हो चुका था और शर्म से पलके नीचे झुक गयी थी और मैं कुछ बोलने की कोशिश कर रही थी, पर जुबान काम नहीं कर रहे थे। वो मेरे दिल का हाल समझ गया था और फिर उसने मुझे अपने करीब लाकर मेरे होठों को अपने गर्म सांसों से टकराते हुए अपने होठों से मिला दिया तो फिर ना जाने कब उसे अपनी बाहो में जकड़ कर मैंने बोल दिया

आई लव यू टू अखिल, आई लव यू भेरी मच। अपनी बाहों में भरकर अखिल ने कब मेरे दिल के जख्मों को भर दिया था, पता ही नहीं चला। सारी दुनिया खुशनुमा लगने लगी............

कुछ ही दिनों बाद अखिल अपने परिवार वालों के साथ मेरा हाथ मांगने आए। दोनों ही परिवार वालों की राजी-खुशी से हमारी शादी भी हो गई और हम दोनों प्यार के अनंत सफर पर निकल पड़े.............

सच ही है, प्यार से बड़ा मरहम नहीं जो जीवन के हर जख्म को भर दे। प्यार ही जिंदगी है। प्यार से बड़ा कोई भी एहसास नहीं........

रचना शर्मा "राही"

व्यक्तिगत परिचय

पिता	:	श्री राधाचरण शर्मा
माता	:	श्रीमती कमलेश शर्मा
शिक्षा	:	स्नाकोत्तर, शिक्षा स्नातक (संस्कृत)
व्यवसाय	:	प्रवक्ता संस्कृत
लेखन विधा	:	गद्य, पद्य व मुक्तक विधा में लेखन।
सम्मान	:	रूबरू मंच द्वारा कविता व कहानी विधा में साहित्य श्री सम्मान, प्रितिलीपी पर पाठकों की पसंद में चयन कहानी विधा में, The साहित्य द्वारा author of the month award, Story mirror द्वारा 15 विशेष कहानियों में "अनुभूति की उड़ान" कहानी का सातवें नंबर पर चयन, "उसका फ़ैसला" कहानी का स्टोरी मिरर द्वारा आयोजित उड़ान भरते कलाकार प्रतियोगिता में पांचवे नंबर पर चयन, The साहित्य द्वारा "सर्वश्रेष्ठ प्रेरक" सम्मान, ग्लोबल फाउंडेशन द्वारा इंडियन अचीवर्स अवॉर्ड, शिक्षक सेवा सम्मान व शिक्षक रत्न सम्मान, प्रत्येक वर्ष 100% परिणाम पुरस्कार।

मासूम रोहन (लघुकथा)

त्रिशा को रह रह कर वो बात याद आ रही थी। उसे तो अपने कानों पर विश्वास ही नहीं हो रहा था। कल की ही बात है कि उसकी कक्षा में पढ़ने वाला रोहन बताते हुए भी कांप रहा था। चौथी कक्षा का ही तो छात्र है। हमेशा पढ़ाई में व खेल-कूद में अव्वल आता। पर आजकल कुछ गुमसुम रहता। एक बार रोहन की ड्राइंग देखकर त्रिशा के तो पैरों तले जमीं खिसक गई। त्रिशा ने कई बार उससे बात करने की कोशिश की लेकिन कोई ना कोई बहाना बनाकर वो चला जाता।

लेकिन अब उसके व्यवहार में बदलाव आने लगा। पढ़ाई में भी वो पिछड़ने लगा। तब त्रिशा ने उससे कैसे भी बात करने का निर्णय लिया। विद्यायल में फंक्शन होने वाला था। सभी उसकी तैयारियों में जुटे थे। ये अच्छा मौक़ा था रोहन के मन की बात जानने का। उसने रोहन को अपने पास बुलाया और प्यार से बात करने लगी। रोहन से उसकी दिनचर्या पूछी। रोहन ना जाने क्यों बताते बताते घबरा रहा था। उसने रोहन को समझाया कि कोई भी बात ऐसी नहीं होती कि हम अपने बड़ों को ना बता सकें। त्रिशा ने कहा - अगर तुम्हें कोई भी तकलीफ है तो मुझे बताओ। मैं तुम्हारी हर संभव मदद करूंगी।

रोहन ने कहा - मैडम! मेरी मम्मी और पापा दोनों रात में घर आते हैं। तब तक एक आंटी मेरे पास रहती हैं। वो अभी कुछ दिनों पहले ही आईं हैं। पहले वाली आंटी गांव गईं तब से ही। मैडम! मुझे ना अच्छा नहीं लगता जब वो मुझे छूती हैं। जब मैं मना करता हूं तो कहती हैं कि तुम्हारे मम्मी पापा से पिटाई करा दूंगी।

त्रिशा ने कहा - रोहन! खुलकर मुझे बताओ कि आंटी कहां छूती हैं तुम्हें???रोहन ने जो बताया तो त्रिशा के होश उड़ गए। इतने मासूम बच्चे के शरीर के साथ कोई कैसे खिलवाड़ कर सकता है??? कैसे उसके नाज़ुक निजी अंगों से कोई कैसे खेल सकता है??? ख़ैर त्रिशा ने रोहन को समझाया कि इसमें उसकी कोई गलती नहीं है और वो डरे नहीं। जल्दी ही वो इसका हल निकलेगी।

त्रिशा ने रोहन के माता पिता से मिलने का फैसला किया। जल्दी ही समय निकालकर उसने उनसे बात करके मिलने का दिन निश्चित किया। आज वो रोहन के माता पिता से मिलने जा रही है। उन्हें भी समझ नहीं आ रहा था कि क्या बात है जो रोहन की शिक्षिका उनसे मिलना चाहती है।

त्रिशा ने ज्यादा समय ना लेते हुए उनसे उनकी दिनचर्या पूछी व रोहन के व्यवहार में आए बदलाव के बारे में बताया। फिर उनके घर पर रोहन को संभालने वाली औरत के बारे में बात की।

उसके माता पिता को भी यकीन नहीं हो रहा था। तब त्रिशा ने बताया कि पिछले तीन महीने से उसमें ये बदलाव आया है। एक बार जब रोहन ने एक ड्राइंग बनाई तो वो हैरान रह गई। उस ड्राइंग में एक बच्चा था जिसने कोई कपड़ा नहीं पहना हुआ था और एक औरत जिसके सींग बने थे। तभी उसे कुछ शक हुआ और रोहन से बात करने पर उसका शक यकीन में बदल गया। त्रिशा ने वो ड्राइंग उसके माता पिता को भी दिखाई।

रोहन के माता पिता ने घर में स्पाई कैमरा लगा उस औरत को रंगे हाथों पकड़ा व पुलिस को सौंप दिया। त्रिशा ख़ुश थी कि समय रहते उसने एक मासूम बच्चे के बचपन को बचा लिया।

शादी की बात (चैटस्टोरी)

हैलो, स्वरा! तुमने फ़िर कभी ज़िक्र नहीं किया उसका।

हां कृति! 'वैभव' को शब्दों में पिरोना क्या आसान था?

आसान तो कुछ भी नहीं है, स्वरा! ख़ैर और बता दिल्ली में कहां है?

यार! मैं आर के पुरम में हूं आजकल। तू बता अपना ठिकाना।

मैं तो साकेत में रह रही हूं। ये सब छोड़ वैभव से मुलाकात हुई क्या??

हां, हुई ना। वैभव और उसकी पत्नी दोनों से मिली कविता की शादी में।

फ़िर अब क्या सोचा है तूने??

मैंने भी घरवालों को शादी के लिए 'हां' कह दी है।

दोस्ती का सहारा (चैटस्टोरी)

सुनो, विमला! वर्षों बाद भी तुम्हारे हाथ की चाय में वही स्वाद है।
तुम भी कहां बदले हो, केशव! वही आवाज़, वही अंदाज़।
पर, अब बहुत ही अकेला हो गया हूं मैं।
हां, कमल के देहांत के बाद मैं भी अकेली पड़ गई हूं।
सविता की मृत्यु के बाद मेरे पास भी रहा ही कौन??
हां, सही कह रहे हो तुम! हमारे बच्चे तो विदेश में जाकर बस गए हैं।
मैं सोच रहा हूं, अब इसी शहर में आ जाऊं। बुढ़ापे में एक दूसरे को सहारा हो जाए।
तुमने तो मेरे मुंह की बात छीन ली, दोस्ती से बढ़कर कोई सहारा है क्या??

समझना मुश्किल है

कितना आसान है समझाना,
लेकिन समझना मुश्किल है...
कितना आसान है तोड़ना रिश्तों को,
पर टूटे रिश्तों को जोड़ना कितना मुश्किल है..

कितना आसान है आगे बढ़ जाना,
पर पीछे लौटना मुश्किल है ...
कितना आसान है कहना भूल जाओ सब,
पर सब भूलना मुश्किल है...
कितना आसान है लहरों के साथ बहना,
पर लहरों को पकड़ना मुश्किल है...

कितना आसान है ख्वाबों में जीना,
पर ख्वाबों को हक़ीकत में बदलना मुश्किल है...
कितना आसान है किसी से मिलना,
पर उसी से बिछड़ना मुश्किल है...
कितना आसान है औरों के बीच हंसना,
पर अपनों के बीच रोना मुश्किल है ...

कितना आसान है वक्त के साथ चलना,
पर वक्त को पकड़ना मुश्किल है...
कितना आसान है हालातों पर नज़र रखना,
पर हालातों को बदलना मुश्किल है...
कितना आसान है झूठ को सच में बदलना,
पर सच की राह पर चलना मुश्किल है...

कितना आसान है दिमाग़ को समझाना,
पर दिल को समझाना मुश्किल है...
कितना आसान है औरों को समझाना,
पर खुद समझना मुश्किल है....
समझना मुश्किल है....
समझना मुश्किल है...

लम्हे से कहा मैंने

लम्हे से कहा मैंने
रुक जा तू, कहा बढ़ चला??
मैं जी लूं इस लम्हे को पूरी तरह...
पा लूं ख्वाबों को अपने, हो जाऊँ फ़ना....
कहा लम्हे ने मुझसे...
आज कैसे रूकुं??क्या अबतक मैं कभी रुका...
मेरा तो काम ही है चलते जाना...
लम्हा लम्हा जुड़कर ही वक्त बनाना...
जो जी ले आज में बस वही मुझे पाए...
जो बीते कल को खोजे वो मेरे जाने पर पछताये..
मैने कहा.... हाँ मैं जानती हूँ .सब मानती हूँ ...
पर दिल को कैसे समझाऊँ???
वो तुझको ही पाना चाहे...
रोक कर तुझको बस तुझमें खो जाना चाहे....
लम्हे ने कहा... तो समझा लो दिल को...ये तो नादान है...
मैं चाहकर भी नहीं रुक सकता, क्या इस सच से अंजान है ...
छोड़ो इसको, रहने दो अंजाना...
पर तुम जानो ये, तुमको पड़ेगा समझना...
लम्हा ना कभी रुकता है...लम्हा ना कभी रुकेगा...
लम्हा तो आगे ही बढ़ेगा तभी तो ये वक्त बनेगा...
मैने कहा लम्हे से...
ठीक है तुम्हे बढ़ना है तो बढ़ जाओ...
रुक नहीं सकते तुम तो मुझे मत समझाओ...
मुझको रहने दो अपने लम्हे की यादों के साथ...
लम्हा तो बढ़ जाएगा, मेरी तन्हाई, मेरी यादे होंगी मेरे साथ...

दर्द होता है बहुत

दर्द होता है बहुत...
जब आप सही हो और सब आपको ग़लत ठहरायें....
जब आप समझाओ कोई आपको ना समझे...
जब आप चाहो बेइंतहा और कोई तड़पाये...
जब आप संभलना चाहो और कोई गिराता जाए...
जब आप आँखो को समझा लो पर आँसू बहते जाए...
जब दिल हो काबू में और धड़कन बेकाबू हो जाए...
जिसको समझो अपना वो ही बेग़ाना बन जाए...
हो तमन्ना उड़ने की और पंख ज़ख्मी हो जाए...
मंज़िल का पता हो और रास्ता खो जाए...
पुराने ज़ख़्म भरने लगे और नया दर्द मिलता जाए....
जब महफ़िल में दिल उदास हो, तन्हाई रास आए...
हिम्मत हो पहाड़ पर चढ़ने की और दो कदम चला ना जाए...
चाहत हो मौत की और ज़िंदगी मिल जाए...
बहुत दर्द होता है...बहुत दर्द होता है..दर्द होता है...

क्या पाना है क्या खोना है

क्या पाना है, क्या खोना है???
वही तो होता है जो होना है।
समय की धारा में सब बह जाना है,
एक दिन तो सब यहीं रह जाना है।
क्यों गुरूर करें मिट्टी से बनी इस काया पर,
जब एक दिन इसको मिट्टी में मिल जाना है।
एहसासों में डूबे हम, भूल गये इस सच को,
कुछ भी कर लें आज हम, ना बदल पाएँगे कल को
आत्मतत्व को भूल गये हम, उलझे इस काया में..
लगाया दिल इंसानों से, दूर हुए अंतर्मन से..
दिल रोता है, दिल हंसता है ..है इंसानों सा व्यवहार ये..
इस मोह माया में उलझे हम ना करते स्वीकार ये...
इंसानों से होती ग़लती, फिर धिक्कारें खुद को...
आत्मग्लानि में जलकर खो देते हैं खुद को..
हर दिन रहता नहीं एक सा, भूल जाते इस सच को...
सब कुछ पा सकते हैं, हम ग़र भूलें अहम को..
सबको जानें सबको मानें खुद को आत्मसात करें सब में...
अपने अहम को भुला कर शामिल हों सबके सुख-दुख में....
इंसानों सी फ़ितरत रखना है सबसे आसान..
लोभ, क्रोध, मोह, मद, माया, ईर्ष्या हटा दो ग़र बनना हो महान...
कभी कभी सब कुछ खोकर भी हम कुछ पा जाते हैं
उस खोने की निराशा में ना नया अवसर जान पाते हैं....
जो होना हो होता वही है क्यूं इसको समझ ना पाते हैं...
अपने गमों में डूबे हुए हम खुद को ही बस तड़पाते हैं...
जो हुआ समझे उसको ईश्वर की इच्छा का सम्मान करें...
खुद को संभाले, और अपना आत्मोत्थान करें.....

सरिता कुमारी सैनी

व्यक्तिगत परिचय

जन्म तिथि	:	29 अगस्त 1992
जन्म स्थान	:	कुशीनगर, उत्तर प्रदेश
पिता	:	सुदामा ठाकुर
माता	:	सरस्वती ठाकुर
पति	:	संतोष कुमार सैनी
विवाह तिथि	:	29 मई 2019
शिक्षा	:	एम.ए, बी.एड, एम. फिल (हिंदी), नेट (NET), सीटेट (CTET)
कार्य	:	पी-एच.डी शोधार्थी, हिंदी विभाग, राजीव गांधी विश्वविद्यालय, रोनो हिल्स, दोइमुख अरुणाचल प्रदेश, पिन कोड- 791112
लेखन विधा	:	कविता
प्रकाशित कृतियाँ	:	शोध पत्र- अंबेडकर व दलित चेतना, डॉ. अंबेडकर के वर्ण-व्यवस्था संबंधी विचार, स्त्री की व्यथा : 'मेरा बचपन मेरे कंधों पर', दलितों में पारस्परिक ऊँच-नीच का भाव : 'शिकंजे का दर्द', जाति व्यवस्था के प्रति विद्रोह और दलित आत्मकथाएँ। कविता- बेखबर, किलकारियाँ, अभिनेता-अभिनेत्री।
प्राप्त सम्मान	:	एम.ए (हिंदी) गोल्ड मेडल, 2014 राजीव गांधी विश्वविद्यालय, रोनो हिल्स, दोइमुख अरुणाचल प्रदेश
संपर्क	:	9140642621, 9335090369
ईमेल	:	saritapg977@gmail.com

स्त्री

कहने को आधुनिक है,
किंतु बर्बरता का जमाना है।
कहते हो, रहो कैद घर में अपने
अगर सुरक्षित रहना है,
रहो अपनी मर्यादा में,
अगर सम्मान पाना है,
कहने को आधुनिक है,
किंतु बर्बरता का जमाना है।

बलात्कार, हत्या, जलाना
मार-मार कर देह सुजाना
अपहरण कर बल दर्शाना
काट-काट कर तड़पाना
एसिड फेंक कर मुँह बिगाड़ना
संस्कृति के मूल्यों का गान
गा-गाकर भरमाना है
कहने को आधुनिक है
किंतु बर्बरता का जमाना है।

सच्चाई से मुँह फेरना
अनाप-शनाप बयान देना,
हर गुनाह से बचा उन्हें
पीड़ितों पर ही जुल्म ढाना
तरह-तरह की बात बनाकर
सबको यूँ गुमराह करना
सत्य कभी न स्वीकारना है

कहने को आधुनिक है
किंतु बर्बरता का जमाना है

अगर सुरक्षित है रखना हमको
कैद करो उन गुनाहगारों को
सीख सलाह हमें नहीं
सजा दो वहशी दरिंदों को
जिसने खुलेआम जुर्म किए हैं
लंबी –चौड़ी फरमान निकालो
हमारे नहीं, उनके लिए
जिसने मनुष्यता को शर्मिंदा किए हैं
किंतु यह सब तो
सत्ता से न हो पाना है
कहने को आधुनिक है
किंतु बर्बरता का जमाना है।

वाह! जी वाह!

जुल्म भी हम ही सहें
कैद भी हम ही रहें
वाह! जी वाह!
गुनहगार आजाद रहे
और हमारे लिए सलाह पर सलाह रहे
अपनी बेटी न ही अपनी बहन को
सिखाओ अपने बेटों को
और साथ में छोटे भाईओं को भी
मनुष्य होना
ताकि रहे आजाद बेटी
और साथ में सारी बहने भी
धिक्कारो उन पुरुषों को
जिन्होंने मानवता को रौंद दिया
सवाल-जवाब हमसे नहीं
करो उनसे जो रात-रात जुल्म करते
घर लौटते और चुप रहते
पुछों उनसे कहाँ थे तुम
लड़कियों से ध्यान हटाकर
लगाओ जरा लड़कों पर भी
संस्कारी केवल हमें नहीं
बनाओ अपने खानदानी चिराग को भी
अरे! कितने और कितने
मासूमों की बलि लोगे?
वाह! भारतीय संस्कृति
जहाँ औरत को देवी मानते
करते क्या दुष्कर्म वे

अपने आराध्य देवियों से भी?
जननी का सम्मान देते
नोंच-नोंच के जिंदा खाते
और हम ही को सिखाते
कि रहना कैसे है।
वाह! जी वाह!।

नया जमाना

अपनी रखो कैद में
दूसरों की नारी मुक्त कराओ
दूसरों के हक के लिए लड़ो
अपनी हक मांगे तो लड़ जाओ।

गैरों को समझाओ खूब
अपनी पे आए तो
नासमझ बन जाओ
अपनी रखो कैद में
दूसरों की नारी मुक्त कराओ।
बाल -विवाह और दहेज प्रथा पर
लंबे-लंबे भाषण सुनाओ
गूंगे बन कर बेटा ब्याहो
जल्दी से दामाद लाओ
अपनी रखो कैद में
दूसरों की नारी मुक्त कराओ।

बेटी ज्यादा पढ़ क्या करेगी
जाएगी एक दिन घर गैरों के
पत्नी बीमार पड़ी तो खोजो
डॉक्टर लेडीज सारे शहर के
इलाज भी पुरुष से ही कराओ
अपनी रखो कैद में
दूसरों की नारी मुक्त कराओ।

दूसरों की बहू घूँघट में दिखे तो

होती पीड़ा भारी है,
अपनी घूँघट में रहे तो
कहलाती संस्कारी है,
ऐसे ही खूब संस्कार सिखाओ।
अपनी रखो कैद में
दूसरों की नारी मुक्त कराओ।

आतंक

सुन-सान सड़को पर,
आतंक का नजारा छाता है,
किसी के न होते भी,
सारा घटना नज़र आता है।
दिल दहलता यूँ,
अंदर से सब हिल जाता है।
इंसान कोई न दिखे,
बस यही ख्याल आता है।
गुजरती गाड़ियों से साँस का,
आना -जाना बंद हो जाता है।
घर बहुत दूर लगता,
न जाने रास्ता क्यूँ लम्बा हो जाता है।
कदम लड़खड़ाने लगते,
जब पीछे कोई गुजरता है।
कहाँ जा रही? कोई पूछता तो,
झूठ बोलूँ या सच समझ नहीं आता है।
सुन-सान सड़को पर,
आतंक का नजारा छाता है,
किसी के न होते भी,
सारा घटना नज़र आता है।

सरोज शुक्ल

व्यक्तिगत परिचय

पिता	:	स्व श्री सुरेंद्र शुक्ल (वरीय लेखा अधिकारी) CDA पटना
माता	:	श्रीमती श्रीकांती शुक्ल
पति	:	श्री गिरिशदेव मिश्र
शिक्षा	:	M.A. (Psychology), M.Phil (Library & information Sci)
संप्रति / कार्य	:	1) पुस्तकालयाध्यक्ष बाल्डविन एकेडमी पटना। 2) पैनलिस्ट वीक्षक नालंदा खुला विश्वविद्यालय, पटना
भूतपूर्व कार्य	:	मनोवैज्ञानिक परामर्शदात्री (दिशा नशा विमुक्ति केंद्र)
उपाधि/पुरस्कार	:	सर्वश्रेष्ठ गायिका पुरस्कार सम्मानपत्र (अन्तर महाविद्यालय प्रतियोगिता)
लेखन	:	1) कविता, हाइकू, ग़ज़ल, शेर, मुक्तक, छंद, छंदमुक्त आदि विधाओं में कविता लेखन में प्रयोग 2) विभिन्न समसामयिक विषयों पर आलोचनात्मक लेख
प्रकाशित कृतियां	:	साझा काव्य संकलन कव्य नगरी तथा प्रतिलेख मासिक पत्रिका में नियमित प्रकाशन, साहित्यनमा पत्रिका में प्रकाशित कविताएं, प्रतिलिपि की नियमित लेखिका
शौक/रूचि	:	गायन, लेखन, पठन पाठन, चिन्तन, मनन, पत्रिका, विभिन्न समाचारपत्र के संपादकीय, स्तरीय तथा ऐतिहासिक साहित्य के अध्ययन में रूचि
पता	:	ग्राम मठिया बसंतपुर, जिला सिवान, बिहार
Email	:	shuklasarojkumari014@gmail.com
Mobile no.	:	9835444131, 9661885237

पुराने मकान

देख रही हूं टूटते
अपने पुराने मकान,
पुनर्निर्माण हेतु जिसकी,
ढहाई जा रही हैं दीवारें
एक एक कर के...।
चिपके थे जिन दीवारों पे अब तक
निशान बीते बचपन के दिन के।
आड़ी तिरछी लकीरें,
तमाम नटखट शरारतें, , और
अम्मा के आलता रंगे,
रुनझुन बजती पावों की धुन,
दादा दादी के प्यार बरसती,
झिड़कियों की गूंज घुटनों के बल चलते
नन्हे भईया के बालपन के निशान,
चहकते आंगन के स्पंदित सा वो फर्श;
पापा के कपड़ो के
हैंगर की निशान वाली दीवारें जो अब,
ढहती धूल में मिलती जा रही हैं सब,
देख रही हूं धरती में समाते हुए युग को जो
समेटे लिए जा रही है
तमाम एहसासों से लिपटी,
निशानियो को जो,
धड़कती थीं जीर्ण छतों दीवारों में,
बीते दिनों की खुशबू सभी जो,
अब दफ्न हो रहीं हैं नव निर्मित नीव में,
जिन्हें तलाशेंगी नजरें, अब सदा खयालों में।

नववर्ष अपना

1)
दिशाएं झूमें
कि आया नववर्ष
भारत भू मे

2)
चैता की ताल
शिरीष की फलियां
बजाए झाल

3)
चूनर धानी
इतराई ओढ़ के
दिशाएं नाचे

4)
गुलमोहर
नववर्ष में रंगे
अमलतास

5)
कूके कोयल
नववर्ष के गीत
आम्रवन में

6)
मची है धूम
झुमें खेत बागीचे
नववर्ष में

7)
ले के सौगात
कि आया नया साल
नाचे लहरा

8)
अन्न की बाली
संग हवा दे ताली
उड़ा के पट

9)
कटी फसल
अन्न फल सौगात
नव वर्ष का

10)
दे उपहार
नववर्ष अपना
जग कृतज्ञ

पार्थ और कृष्ण

जब जब धरा पर धर्म हो घायल
तब तब मै अवतरित होऊंगा।
वचन दिया था मैंने पार्थ को
इसे मैं क्यों कर भूल जाऊंगा।
धर्म लहुलुहान पड़ा है,
आज धरा कराह रही
करे प्रतीक्षा तारणहार की
मरनासन्न मानवता।
अब तो पार्थ पुकारो मुझको
खड़े हैं माधव भी आतुर हो।
है गीता का ज्ञान यही तू
कर पुरषार्थ निज कर्म रत हो।
हे मानव तुम पार्थ तो बनो
गांडीव की टंकार तो करो
कैसे नहीं माधव आएंगे
तुम बस धर्मयुद्ध तो ठानो।
सतत रहे जो कर्म क्षेत्र में
वही अर्जुन कहलाएगा
वचनबद्ध उस कृष्ण को
अपने साथ खड़ा वो पाएगा।
कुरुक्षेत्र है जीवन ये,
कर्तव्य तुम्हारा गांडीव,
सतकर्म धर्म ही कृष्ण हैं,
हम तुम हैं वो अर्जुन।

असली नकली संत

भोले हैं भक्त पहचान मे,
खा जाते अक्सर धोखा,
कालनेमी यहां भरे पड़े हैं,
भेष पकड़ कर संत का।
घूमें हैं चहुं ओर बनाएं,
जनता को बेवकूफ,
दूध मलाई खाए धर्म के
आंख झोंक कर धूल
कुछ संत निज भोलेपन मे,
बदनाम हों जेल हैं काट रहे,
झूठे संतन-भक्तन की भीड़,
कि संकट मे है धर्म घिरा।
इनका है बस यही एजेंडा,
हिंदुत्व कैसे बदनाम हो।
त्याग समर्पण का रंगभगवा,
धूमिल देश का गौरवगान हो
सर्वे भवन्तु सुखिन : और
वसुधैव कुटुंबकम् नारा है,
मानवता के धर्म-ध्वज तले,
सनातन देश हमारा है।

आधुनिक नारी

सदियों से घर की देहरी पर
किवाड़ के पीछे खड़ी
घुंघट की ओट से झांकती
दूर क्षितिज में नित्य
डूबते उगते सूरज को
निहारती रही,
पीढ़ी दर पीढ़ी
तंग झरोखों से आती
थोड़ी सी ताज़ी हवा में ही
संतोष करती तब
ये सोचा ना था कि
एक दिन खुद को देखूंगी
इस रूप में भी,
कि जब
देहरी के अंधेरे कोने में,
दफ्न कर इस घूंघट को,
शॉट्स में सुसज्जित, उन्मुक्त उड़ूंगी।
आज सशक्त हूं, स्वालंबी हूं...
हमारी उंगलियों में फंसी लेखनी
नित्य भाग्य लेख रचती मनचाही,
अपनी पहचान ओ"अधिकार
छीन लेने को उद्धत
हम हैं आज की आधुनिक नारी।
पर हमे अभी तो गढ़ना है
अपनी कोई और इतर नई पहचान
देनी अपनी विचारधारा को

कोई और ही नई दिशा,
जो कतई
आधुनिकता की नग्नता पर्याय न हो
कि एक चपल, सजग नई दृष्टि
खुद की गरिमा पहचानने की
ताकि
ना बनें हम इस छद्म आधुनिकतावाद के
चमकीले आवरण में लिपटी,
भोग्या बनाने की
वणिक साजिशों की शिकार।
हमें तो गढ़ना है पुनः
आधुनिकता की गरिमामय
इक अलग नई परिभाषा
बदलना है आधुनिक नारी की
हर वो छवि जो हरगिज़
नग्न, अर्धनग्न सिर्फ़ देह नहीं,
बल्कि बाजारवाद के कुचक्र में फंसी
सौंदर्य की छद्म परिभाषा ध्वस्त करती
बौद्धिकता, गरिमा की पर्याय बनी
आधुनिकता को सार्थक करती
नारी स्वरूप की नई परिभाषा
अभी गढ़नी है हमें अभी तो बनना है
और सशक्त गरिमामय आधुनिक नारी।

पपीते का पेड़

ओ पेड़ पपीते के!
अपनी ऊंची बुलंदियों संग
खड़ा रहे तू, महीनों सालों,
अपने कृशकाय तने के साथ
सीमित पर्ण विस्तार लिए।
परंतु कितनी अर्थहीन तेरी ऊंचाईयां
कितना छद्म तेरा खोखलापन
फिर भी तू तो रहा सदा,
मौसमी थपेड़ों के खिलाफ खड़ा,
हर चुनौती लिए;
तेरे कृशकाय तने में
संचित कितना जीवन-जल
जैसे कि तू कोई
दार्शनिक हो प्रेरणादायी
तेरा अस्तित्व, तेरे फल भी,
तेरी तरह ही, कितने खोखले हुए ;
परंतु अपने अंत :में सृजन के,
अनगिनत बीज समेटे हुए।
कि सुदृढ़ सशक्त, अपने साथ खड़े,
बागीचे में, अन्य वृक्षों के बीच,
तू मत पालना, मन में कोई गांठ,
कि जीवन के इस खोखलेपन का,
तू है एक दिलासा,
एक तसल्ली, मेरे रीते मन का।

(अपने पूज्य पापा से प्रेरित और उन्हें समर्पित मेरी कविता)

हैप्पी विमेंस डे

हां, , , ! नारी हूं मैं
पर मत दो मुझे अभी
महिला दिवस की मुबारक बाद;
ये शुभकामनाएं मुझे, चुभती हैं तीर सी
आज के इस ज़हरीले दौर में,
फिज़ा में तैरती गूंजती
बलात्कार की शिकार होती
अनगिनत मासूम चीखों के बीच
मत कहो मुझे हैप्पी विमेंस डे, , , ।
या, कि तपते मौसम औ"
स्याह लबादो में घुटती, फकत
शुद्ध खुली हवा में,
एक अदद
गहरी सांस को तरसती
तमाम वर्जनाओं में बंधी
बेबस नारी को, क्यों कहते हो
हैप्पी विमेंस डे, , , , , ।
या, फिर इस दुनियां की
दरिंदगी भरी भयावहता से डर कर
गर्भ में ही ख़त्म की जाती
कन्या भ्रूण की चीखों, तथा
उसकी मजबूर मां की कराहों बीच
मत दो हमें महिला दिवस की
निरर्थक शुभ कामना, , , , ।
पहले हमें बदल देने दो–
ये फिज़ा, और हर नज़रिया, ,

झुका लेने दो आसमां, , ,
आज़द मुक्त विचरती
फलती फूलती बेटियां, औ"
खिलती विहंसती कलियों पे
उठती हर बुरी नजर को
भस्म कर लेने दो,
तभी होगी महिला दिवस की
सार्थक हर शुभ कामना
उस दिन कहना हमें हैप्पी विमेंस डे।

सीमा शर्मा

व्यक्तिगत परिचय

पिता का नाम	:	डा. जी.एल उपाध्याय
माता का नाम	:	शकुन्तला देवी
पति का नाम	:	विवेक शर्मा
वर्तमान निवास	:	अहमदाबाद
जन्म स्थान	:	जन्म स्थल आगरा के निकट एटा जनपद में हुआ था।
सम्प्रति	:	हिन्दी शिक्षिका (विभाग प्रमुख), 1995 से वर्तमान में शिक्षण से जुड़ी हुई हूँ।
रूचियाँ	:	लेखन, पठन हमेशा मुझे प्रिय रहा है। शिक्षण में अनुभव के साथ लेखन में भी अपना योगदान देने का प्रयत्न किया है। लेखन, अभिनय निर्देशन में भी मेरी रूचि रखती हूँ।
शिक्षा	:	एम.ए.बी.एड, (हिन्दी) संस्कृत प्रथम दीक्षा नई दिल्ली
लेखन	:	नाटक लेखन, लेख, कविता, संजय उपाध्याय पुस्तक दबोचिया का मुख्य प्रस्तावना।
संकलित कृतियाँ	:	परिवर्तन, मेघ नहीं माली बन जाएँ, जनक की सीता। प्राची पब्लिकेशन द्वारा यह मेरी तीसरी पुस्तक है। नारी तू अपराजिता, उड़ान के द्वारा मुझे लेखन के लिए प्रोत्साहन मिला है।
प्राप्त पुरस्कार	:	श्रेष्ठ शिक्षक पुरस्कार, श्रेष्ठ काव्य पुरस्कार दो बार, Light House Impact Award इस वर्ष शिक्षक दिवस पर प्राप्त किया। काव्य के लिए 4 प्रमाण पत्र प्राप्त।
ईमेल	:	seemasharma6772@gmail.com

प्रश्न सीता के

सीता के कुछ प्रश्न,
कुछ गहरे, कुछ चुभते।
कहे सीता, "हाँ-हाँ मैं सीता राम संगिनी हूँ।"
पग-पग पर साथ देती आई सदा,
राम के अनुसरण में दिया जीवन अपना।
अग्नित्रास को झेला, रावण के दुस्साहस को झेला।
चरित्र हनन, पति के त्याग को झेला।
कभी टूटती, कभी समेटती स्वयं को,
कमज़ोर नहीं थी, कभी मैं,
संस्कारों की डोरी से बंधी थी मैं।
वनवास का त्रास दो बार सहा,
बच्चों के पालन कर्तव्य को स्वयं लिया।
राम नाम से खुश हो जाती,
व्यथित हूँ आज, लोगों ने कलियुग में मेरा नाम भी पृथक किया।
सियाराम से जय श्रीराम किया,
क्या अधिकार नहीं है, राम मेरे पिया।
राम की अर्धांगिनी, जीवन संगिनी हूँ मैं,
धरती में समाकर, जीवन अंत किया,
सिया के नाम को राम से अलग किया।
सिया से राम को न अलग करो, सियाराम सदा हैं एक,
एक रहेंगे -राम भी सिया से जुड़े रहेंगे।

द्रौपदी

उस द्रौपदी की कहानी आज पुरानी हो गई,
जिसने अपने सम्मान की दी थी दुहाई,
केशों से खींच सभा में गईं थीं लाई।
बड़े-बड़े गुणीजन न्यायप्रिय थे, उस दरबार में,
सभी हो गए थे मौन, सम्मान की रक्षा करेगा अब कौन?
किसी ने भी न इस कृत्य के लिए दुशासन को था रोका,
जुए में एक दाव, एक वस्तु बन सिर्फ़ द्रौपदी ने भोगा।
धर्मराज ने अधर्म किया बड़ा भारी,
अपमानित हुई थी एक सबला नारी।
चिरकालिक समय से, हम है पढ़ते आए,
क्या आज भी उस विचार को हैं हम बदल पाए।
हर नुक्कड़ चौराहे पर लज्जित होती है आज भी नारी,
इस कलयुग में कृष्ण सरीखे मित्र कहाँ?
प्रतीक्षारत मत रहो कि कृष्ण बन कोई आएगा,
तुम्हें सम्मान देकर, अपमान से बचाएगा।
द्रौपदी ने अपने अधिकार के लिए धरा रूप काली का,
हुआ महाभारत वंश पूर्णतः नष्ट हुआ, धृतराष्ट्र-गांधारी का।
ऐसे अपमानों पर डरो न, ना ही रहो मौन तुम,
कमज़ोर नहीं हो कठोर बनो तुम।
मौन मत रहो, मौन मत रहो.....।

हाँ मैं नारी हूँ, जीवनदायिनी हूँ

नारी तेरे रूप अनेक, यह जल की धार है,
यह यात्रा तेरी एक नदी का बहाव है।
बेटी के रूप में माता-पिता की दुलारी,
बहन के रूप में भाई की तू प्यारी।
जन्म से जवानी तक नए-नए रूप धरती,
बेटी, बहन, पत्नी, माँ के रूप नए गढ़ती।
हर रूप में तुझको रहना है बस अव्वल,
यह यात्रा तेरी, देती तुझे नया संबल।
माँ के रूप में धारण किया तूने अपने अंदर नवजीवन,
यह शक्ति प्रदान करके ईश्वर ने तुझे दिया नया जीवन।
नारी तू जीवन जीवनदायिनी है,
जीवन का अंश है तुझमें समाया,
ऐसा भार कोई कहाँ ले पाया।
जैसे पृथ्वी वहन करती हर भार,
यह तो तेरे स्त्रीत्व की है धार।
नारी तू कमज़ोर कहाँ हैं?
तुझमें तो मानव जीवन पला है।
तुझमें तो मानव जीवन पला है।

अहिल्याबाई होल्कर

किस्से उनकी वीरता साहस के गीतों में गाते हैं।
बचपन से थीं जो हाज़िर जबाव, दूरदर्शिता का गुण अपार,
वह थीं अहिल्याबाई होल्कर महान।
अपनी योग्यता, गुण से रानी का सम्मान पाया,
समाज की कुरीतियों पर, हल्लाबोल मचाया।
वैधव्य महिलाओं के लिए ध्वज उठाया,
जिस कारण इतिहास में श्रेष्ठ स्थान पाया।
नारी के अधिकार का लिखा प्रथम अध्याय,
इतिहास में बन गईं नारी शक्ति का पर्याय।
नाम का लेकर जब समाज उनके विरूद्ध हो गया,
मार्ग उनका मुश्किल और अवरुद्ध हो गया।
धर्म के ठेकेदारों ने जब अहिल्या को खूब धिक्कारा,
ऐसे मुश्किल समय में पति और श्वसुर का मिला सहारा।
स्वाभिमानी, आत्मविश्वास, करुणा और विश्वास से लिखा नया इतिहास,
अहिल्याबाई नाम उस दिन से आजतक
नारियों की योग्यता पर चमक दे गया कुछ ख़ास।
इतिहास के पन्नों को पलटकर ज़रा देखो,
कई कहानियाँ आज भी प्रेरणा दे जाती हैं।
कठिनाइयों में प्रेरित कर जाती हैं—प्रेरित कर जाती हैं।

आँसमा को छू लूँ

कोई माने या ना माने,
खुद पर कर ले यकीन।
विश्वास रख, अपने साथ रख।
एक सपना है देखा,
कल्पनाओं की सुंदर रेखा।
आकाश को छू लूँगी,
हर मुश्किल को भूलूँगी।
धीरे-धीरे कामयाबी नज़र आएगी,
जब डूबकर तू अपने सपनों को सजाएगी।
स्त्री है तो क्या? कसौटी से ना हारेगी,
कर्तव्यों से तू न भागेगी।
सुन्दरता मुख से नहीं आंकी जाएगी,
तू ज्ञान के प्रकाश से जानी जाएगी।
अपने सभी धर्म निभा लिए,
अब अपने लिए भी कुछ जी ले।
भर ले ऊँची उड़ान,
छू ले तू भी आसमान।
स्वयं पर रख विश्वास,
हीन भावना न रख,
मत कर स्वयं पर अविश्वास।
छू ले आसमान, छू ले आसमान।

नारी धान का पौधा

नारी हूँ मैं,
तुलना करती हूँ आज।
धान के उस पौधे से,
किसान धान के पौधे को प्रेम से रोपता है,
सींचता हवा, पानी और प्रकाश से जोतता है।
पिता किसान ही तो बन जाता है,
प्यारी बेटी को दुलार देता,
शिक्षा और प्यार देता।
कालखंड आता है, पौधा बड़ा हो जाता है,
कृषक बदल देता धान के पौधे का स्थान,
पिता भी कालखंड में बेटी का कर देता कन्यादान।
कितनी समानता है, एक लड़की और धान के पौधे में।
समय लगता है पौधे को हरा-भरा होने में।
बेटी से बहू तक की यात्रा धान के पौधे जैसी ही तो है,
जड़ों से उखाड़कर नये संसार में जाना,
जैसे धान के पौधे से पेड़ बन जाना।
बात सही है, नहीं है गलत,
हाँ, नारी धान का पौधा ही तो है,
जो नए परिवेश में खिलने का जतन करती है।
परिपक्वता और कर्तव्यों की कसौटी में स्वयं को कसती है।
नारी धान का पौधा......।

मेरा घर कौन सा? (कहानी)

यह कहानी एक ऐसी लड़की की है जो बचपन से अपने मन में उठे प्रश्नों को खुलकर अपने बड़ो से पूछा करती थी। उसे गुड़ियों से खेलना नए–नए कपड़े आदि का बिल्कुल भी शौक़ नहीं था। एक छोटे से कस्बे में वह और उसका परिवार रहता था। उसकी तीन बहनें और एक भाई था। कई बार ऐसा होता है, कि प्रश्नों के उत्तर लड़के और लड़कियों के लिए अलग- अलग होते हैं। बचपन से ही एक लड़की यह सुनकर बड़ी होती है कि शादी के बाद उसके पिता का घर पराया होता है। उसे नए घर में जाना होता है, यह सुनकर सुनयना उस लड़की का नाम सुनयना था, वह सोच में पड़ जाती थी।

जब वह दस–ग्यारह साल की हुई तब उसकी दादी ने बुलाकर उसे कहा, "सुनयना अब तुम बड़ी हो गई हो अपने घर के कामों में भी ध्यान दो, यही आगे काम आएगा। बाहर खेलने मत जाया करो, लड़कियों पर शोभा नहीं देता। सुनयना सोच में पड़ गई। रात भर वह सोचती रही कि दादी ने उसको ही ऐसा क्यों कहा जबकि भाई तो बहुत देर में खेल कर लौटा था?

अगले दिन सुनयना दादी के पास गई और बड़े भोलेपन से पूछा, "दादी आपने मुझे ही क्यों कहा जल्दी घर लौटने को, भाई को क्यों नहीं कहा?

दादी ने कहा, 'भाई कोई ससुराल थोड़े ही जाएगा? तुम जाओगी इसलिए अभी से सब कुछ सीख लो नहीं तो ससुरालवाले कहेंगे लड़की को कुछ नहीं सिखाया।' ऐसे ही हर रोज़ वह किसी न किसी से सुनकर बड़ी हुई कि उसका असली घर ससुराल है।

जब सुनयना 20 वर्ष की हुई तो उसकी शादी की बातें शुरू हो जाती हैं। सुनयना अभी शादी नहीं करना चाहती थी। इस विचार को उसने अपने परिवार के सामने रखा और कहा उसे अभी शादी नहीं करनी, अभी उसे और आगे पढ़ना है।

उसके इस विचार से कोई सहमत नहीं हुआ और उसे विवाह के लिए बाध्य होना पड़ा। सुनयना ने जो अपने बचपन से एक बात गाँठ बाँधी थी कि ससुराल उसका असली घर है।

सुनयना ने सोचा कि मैं ससुराल जाकर पढ़ाई करूँगी। बचपन के कोमल मन में बसी यह बात बहुत गहरी छाप छोड़ चुकी थी।

सुनयना का विवाह एक संपन्न घर में हुआ। सुनयना खुश थी कि वह अपने घर में आ गई है, अब वह सब कुछ कर सकती है। ससुराल में उसे प्रेम मिल रहा था। कुछ समय बीतने के बाद उसने अपने पति के सामने अपनी बात रखते हुए कहा कि वह आगे पढ़ना चाहती है और जीवन

में पढ़-लिखकर कुछ करना चाहती है। पति ने कहा अभी बहुत जल्दी है इस सब के लिए और सुझाव दिया कि अभी थोडा समय दो। यहाँ के तौर-तरीके समझ लो फिर देखते हैं।

देखते-देखते एक वर्ष का समय बीत जाता है। सुनयना माँ बनने वाली होती है, इस सब के लिए वह मानसिक रूप से तैयार नहीं होती है और वह अपने पति से कहती है कि उसे अभी माँ नहीं बनना है। पति के समझाने पर और सबकी ख़ुशी के लिए वह मातृत्व के लिए जाती तैयार हो जाती है। समय पंख लगाकर उड़ जाता है और सुनयना एक पुत्र को जन्म देती है।

धीरे-धीरे सुनयना अपने सपने को त्याग बच्चे की परवरिश में व्यस्त हो जाती है लेकिन उसका सपना उसके अंदर सजीव रहता है।

कुछ समय ऐसे ही निकल जाता है, एक दिन सुनयना अपने पति से कहती है कि अब वह आगे पढाई करना चाहती है क्योंकि विवाह के कारण उसकी पढाई पूरी नहीं हो पाई थी।

पति ने उत्तर देते हुए कहा कि क्या करोगी अब पढ़-लिखकर, किस चीज़ की कमी हैं यहाँ?

अपनी घर गृहस्थी संभालो। जब सुनयना ज़िद करती है कि उसे पढना ही है क्योंकि उसे विश्वास यह था कि यह घर मेरा है।

पति बहुत नाराज़ होता है और कहता है कि यह मेरा है यहाँ रहना है तो मेरी बात समझ लो नहीं तो अपने घर जाओ और पढ़ो।

सुनयना सन्न रह जाती है, हालांकि पति ने कोई अपशब्द नहीं बोला, लेकिन सुनयना के लिए यह एक नया प्रश्न था। उसने बचपन से यही सुना था कि अपने घर जाकर करना।

इसी प्रश्न को मन में लिए सुनयना सो गई लेकिन उसका अन्तर्मन नहीं सोया था। उसे बचपन में और अपने पिता के घर में सुनी हर बात याद आ रही थी।

एक सुनयना से दूसरी सुनयना प्रश्न करती है। सुनयना ये बता कि तेरा अपना घर कौनसा है?

मायका पिता का घर, ससुराल पति का घर तेरा घर कौन सा है? और ज़ोर से हँसती है।

इस कशमकश में सुनयना घबराहट में उठकर बैठ जाती है।

थोड़ी देर बाद सुनयना अपने बगीचे के झूले में आकर बैठ जाती है और गहन चिंतन में डूब जाती है, कि सच ही तो है कि एक स्त्री का स्वयं का घर कौन सा है?

एक तरफ़ अपना अनुभव जिसे सुनते-सुनते वह इस आस में बड़ी हुई कि ससुराल, उसका अपना घर है और वहाँ वह सब-कुछ कर सकती है लेकिन सच्चाई इससे परे होती है।

यहाँ पति को बिल्कुल गलत नहीं मानती, यह एक आम बात है जो पति-पत्नी के झगड़े में कही जा सकती है। पति तो सुनयना के मन से अनजान था।

यहाँ माता-पिता यदि इस सोच के साथ अपनी बेटी को बड़ा करते हैं तो उनका दोष बनता है।

बालपन में हमारा मन कच्ची मिट्टी जैसा होता है।

इस विचार के साथ इस कहानी को समाप्त करती हूँ कि ससुराल में आपकी बेटी क्या करेगी क्या नहीं इसको बचपन में ही न उस पर थोपें। आप उस बेटी को किस तरह आत्मविश्वास और आत्मनिर्भरता प्रदान कर सकते हैं? इस बात पर विचार अवश्य करें।

सुरंजना पांडेय

व्यक्तिगत परिचय

जन्म तिथि	:	6 जून, 1981
पैतृक स्थान	:	गांव पाण्डेय पट्टी कुशीनगर, उत्तर प्रदेश
पिता का नाम	:	श्री सुरेंद्र कुमार पांडेय(वरिष्ठ रेलवे वाणिज्य लिपिक लोकतंत्र स्वतंत्रता सेनानी)
माता का नाम	:	श्रीमती ज्ञानवती पांडेय
पति का नाम	:	डॉक्टर सुशांत कुमार पांडेय (MD . Medicine)
शिक्षा	:	तीन विषयों में परास्नातक हिंदी साहित्य, अंग्रेजी साहित्य और राजनीति विज्ञान में गोल्ड मेडलिस्ट दो विषयो में
विधा	:	कविता, कहानी, निबंध, गजल, मुक्तक, लघुकथा, लेख, व्यंग्य, हास्य व्यंग, बालकहानी, बालकविता, संस्मरण।
प्रकाशित कृतियां	:	कहानी जो बीत गई, कटाक्ष, शाश्वत प्रवाह, अन्तर्मन के स्वर, कहानियाँ जो बोलती है, जीवन के रंग कविता के संग
साझा संकलन	:	वर्तिका, अनामिका, साहित्यिक सरोवर, साहित्यिक लहरें, शब्दों का जादू, जीवन से वतन तक, नारी तू अपराजिता, उड़ान, काव्य मंजरी, जनक, मिस्ट आफ लाइफ साझा, वैश्विक महामारी एक युद्ध, साहित्यिक पथ, साहित्यिक आगाज, जनक, सावन, पिटारा, मातृछाया, पलाश, दोस्ती यारिया मनमर्जिया और कई पत्रिकाओं और अखबारों में भी समय-समय पर रचनाएं प्रकाशित।
सम्मान	:	सर्वश्रेष्ठ कवियत्री सम्मान, अपराजिता कवियत्री सम्मान, अनामिका कवियत्री सम्मान, हिमालयन रत्न सृजन सम्मान, साहित्य शिल्पी सम्मान आदि।

संस्कार

पर्दे को मेरी कमजोरी तो आप सब कभी ना समझे
पर्दे की आड़ में छिपी मेरी मर्यादा और संस्कार है,
चौखट की लाज है कैसे रखनी ये मैं जानती हूँ
मेरी दहलीज़ और सीमाएँ क्या है मुझे ना बताएं,
हू मैं पर्दानशीन और मौन तो ये मेरे संस्कारों के प्रति
लिहाज और मेरे परवरिश के तो संस्कार है,
और संस्कारों के पीछे मेरे मां बाप के दिए संस्कार है
रहती हूँ मैं पर्दे में क्योंकि जमाने की निगाहें खराब है,
पर मैं भी उन्मुक्त स्वच्छंद उड़ना और
निर्विघ्न विचरण तो करना चाहती हूँ,
पर भय, असुरक्षा के माहौल में मैं
सर उठा के जीना चाहती हूँ मैं
और अपना नाम और पहचान बनाना चाहती हूँ,
तो कभी उंगलियां ना उठाए आप
कभी तो मेरे ही संस्कारों पर
मेरी सीमा रेखाएं क्या है,
ये आप ना समझाएं मुझे,
मैं वाकिफ हूँ अच्छे से अपनी
सभी मर्यादा और संस्कारों से।

भ्रूण हत्या

भ्रूण हत्या है एक ऐसा समाज का वो कलंक
जो बन जा रहा दिन प्रतिदिन नासूर समाज का,
और अभिशापित कर रहा पूरे समाज को निशदिन
कलंकित कर रहा तो पूरी की पूरी मानवता को,
क्या दोष है उस प्यारी नन्ही सी जान का
जिसने ना देखा इस प्यारी सी दुनिया को,
और इस दुनिया में आने से पहले होना पड़ा विदा उसे
कहां जा रहा है ये आज का समाज ये सोचनीय प्रश्न है,
कभी गर्भ में मार दिया जाता है, उसे
कभी सड़क किनारे फेंक दिया जाता उसे,
कभी झाड़ियों या सूनसान जगहों पर फेक दिया जाता है
आखिर क्या दोष है उस बेज़ुबान नन्ही सी जान का,
किस बात के लिए मिली सजा बिन अपराध
बेवजह की इस निर्मम सजा
पूछता है सबसे एक ही सवाल,
क्या मुझे नहीं हक देखने का ये समाज।

वह पागल औरत

अपनी धुन में भरी दुपहरी में भी वो
सुनसान गलियों से होकर जा रही थी,
वो पागल औरत जो इस दीन दुनियासे तो
बिल्कुल ही अंजान सी थी वो,
और समाज के हर तानेबाने और रीतियोंसे वो तो
नि:संदेह बेखौफ बेखबर थी वो,
उसे ना थी सुध कोई अपने तन पर फटे कपड़े की
ना सुध थी अपने धूल धूसरित भरे देह की है,
हां वो सच में पागल औरत ही थी
जो हर चिंता दुनियादारी से मुक्त थी,
चली जा रही पथरीले पथ पर भी तो बेपरवाह
नंगे है उसके पांव कांटे चुभने की परवाह नहीं उसे,
भूख लगे या प्यास शायद इस बात का भान नहीं
ना किसी जिम्मेदारी का कोई भी तो बोझ उसे,
ना कोई चिंता ना कोई भी फिक्र
ना किसी काम की तो उसे तलाश है,
ना परवाह अपनो की ना परिवार की
है हर पथ से वो बिल्कुल ही अंजान वो,
लोग क्या कहेगें और क्या बाते करेगे
ना थी कोई लोकलाज की भी परवाह उसे,
वह मतवाली वो अनुरागी सी हो
सूनी गलियों में बढी जा रही थी,
ना ठौर ना ठिकाना था उसका कोई
अंजान पथ पर बस चली जा रही थी।

वक्त के सिरहाने

ना जाने कितने तो ख्वाब बुने है
मैने तो वक्त के सिरहाने तले,
ना जाने कितने चाहत को
छुपा के रखे वक्त के सिरहाने,
पर कहां फुर्सत मुझे कभी
उन दबे एहसासों को उकेरेने की,
और उन अद्भुत से एहसासों को
फिर से तो जीवन में समेटने की,
पर जब भी फुर्सत पाती हूँ
मैं तो वक्त के सिरहाने तले जाती हूँ,
उन दबे एहसासे से मैं
अपने मन की बाते सांझा करती हूँ,
कहना होता है कितना तो
कुछ पर ना कह पाती मैं सबकुछ
कितने स्वप्न सयंदन तो देखे थे,
कभी मैंने और कितने ही ख्वाब
गढ़े थे कभी मैंने जो ना हुए हकीकत कभी,
पर मैं गृहिणी हूँ और मैं परिवार की
जिम्मेदारियों के बोझ तले दबी हुई,
तो कहाँ फुर्सत कभी मुझे उन
दबे एहसासों को जीने की और
उन सपनो को कभी पूरा करने की,
तो दफन कर दिया है मैने उन सब
चाहतों सपनों और शौक को वक्त के सिरहाने तले,
और वक्त और हालात पे छोड़ दिया है
कब पूरे होगे या नहीं भी ये नहीं पता,
पर सौंप दिया मैंने उन्हें वक्त के सिरहाने तले।

तुम हो आज की नारी

सकुचायी, दबी सी लजायी
थोड़ी सहमी, कुछ शरमायी।
परदे के आड़ में छिपी तांकती
चौखट के आड़ से तू झांकती।
ऐ नारी कहां खड़ी हो तुम
बोझिल सांसे टूटी है उम्मीदे।
बेखयाली सी भटक रही
हो क्यूँ इस वीराने में यूं।
थोड़ा संभलो कुछ तो
सोचो अपने बारे में तो।
बेदम चेहरा सूजी आंखे
कहां छुपा है तुम्हारा व्यक्तित्व।
सशक्त बनो और दिखलाओ
इस जग को अपना अस्तित्व।
झरोखों से निकल बाहर तो आओ तुम
अपनी निर्भीकता को जगाओ तुम।
क्या सोच रही हो किस उधेड़बुन में हो
समस्त समाज की तुममें तो शक्ति है।
मानवता की तुम मूरत हो
दुर्गा तुम शक्ति की पून्ज हो।
क्यों खड़ी हो ऐसे तुम
क्यों बांझ बना दिया
अपनी सारी उम्मीदो को।
ऐ नारी अब तो जागो
जगाओ अपनी तुम
सुप्त पड़ी आशाओ को।

शमन करो हर दुश्मन को
पस्त करो हर दानव को
जो कर रहा तुम्हें परेशान।
न रुको ना डरो ना झुको
उठाओ अपनी आवाज तुम।
हर अन्याय के खिलाफ
हर अत्याचार के खिलाफ
करो आवाज अपनी बुलंद।
दुर्गा बन शमन करो हर
बाधाओ को ऐ नारी
अब अबला नही तुम
तुम हो हर तरह से सबला।

नारी

ख्वाबों को सोते हुए देखा हैं मैंने
उसके आंखों से झरझर आंसू,
तो बहते हुए देखा है अक्सर मैंने।
हैं आंख नम अब भी मगर
हर हाल में मुस्कुराते हुए देखा हैं
वो सहती रहती हैं सबकुछ
पर संभालती हैं सभी को अच्छे से है।
वो नारी ही तो हैं जो
खुद रातों को जागकर
सब सो गए है अच्छे से ये देखती हैं।
खुद भूखे पेट रहकर अपना खाना
दूसरों को नि :संकोच खिला देती है।
खिलते हुए फूलों को झरते हुए देखा है
सब कुछ सहकर उसे हंसते हुए देखा हैं।
अपनी बेबसी पे मुस्कुराते हुए देखा है
सब भुला कर जिंदगी को जीते देखा हैं।
है नमन तूझे मेरा ऐ नारी
तू नहीं केवल शक्ति का रूप
सहनशक्ति की तू साक्षातमूर्ति हैं।
कौन कहता तूझें अबला
तू हैं हर तरह से समर्थ और सबला है।
परिवार के लिए है बनी तू
परिवार में रची तू
परिवार में ही बसी तू।
परिवार की तू वो खूबसूरत कड़ी
जिसके बिना गृहस्थी है अधूरी।

नारी हूँ मैं

दायरों में ना बांधो मुझे
रस्मो में ना बांध मुझे,
ना कसमों में ना वादों में।
नारी हूँ मैं श्रद्धा की केवल भूखी हूँ
ना दीवारो में कैद कर मुझे,
मैं भी मुस्कुराना चाहती हूँ।
हर कदम पर तुम्हारा साथ
तो मैं निभाना चाहती हूँ।
ना बांध मुझे भेदभाव की
बड़ी-बड़ी सी लकीरों में।
बस तेरा साथ चाहती हूँ
बस तेरा प्यार चाहती हूँ,
बस तेरा विश्वास चाहती हूँ।
उम्मीदें केवल मुझसे है,
ना बांधो मुझे बंधनों में
ना जकडों रस्मो रिवाजों में,
मुझे भी तो खुली छूट दो।
अगर तुम हो सजल राजकुमार
सुकुमार औलाद हो तो
मै भी हूँ किसी की दुलारी,
किसी की प्यारी राजकुमारी
शक्ति की हूँ मै देवी तो
बरसाओ मुझपर भी नेह थोड़ा।
मै दूंगी सदा हर कदम
पे तो केवल साथ तुम्हारा,
इस बात का अहसास तो दो।

प्यार चाहती हूँ तुमसे केवल
वो सच्चा प्यार तो दो,
दहलीज के दायरे है
क्या बस मेरे लिए है बने
खुल के जीने की वजह तो दो।
कब तक लेते रहोगे तुम
हर कदम परअग्निपरीक्षा मेरी,
मेरे पंखो को नया आकाश तो दो।
मै सीता तो बन जाउंगी,
पहले तुम राम तो बनो
नारी हु मै ईश्वर की हूँ,
सबसे प्यारी रचना मैं हूँ।
उलाहना और उपहास
की नहीं हूँ मैं वस्तु कोई
तारीफ और प्रशंसा की,
हूँ मै भी हकदार तो।
ना समझो मुझे अबला,
और कमजोर कहीं भी
हर कदम पे हँस के
निभाउगी साथ तुम्हारा,
इस बात का थोड़ा तो आभास दो।

वंदना उपाध्याय

व्यक्तिगत परिचय

पति का नाम	:	श्री रजनीश उपाध्याय
पिता का नाम	:	श्री सतीश जोशी
माता का नाम	:	स्वर्गीय श्रीमती उषा जोशी
जन्मतिथि	:	30 मई 1971
जन्म स्थान	:	सागोर, मध्य प्रदेश
संपर्क सूत्र	:	9820280367
शिक्षा	:	बी.ए, एम.ए., बी.एड, एम.एड., एम.ए. ज्योतिष (शास्त्री)
संप्रति	:	शिक्षिका एवं ज्योतिषी
प्रकाशित कृति	:	नव स्पंदन (एकल काव्य संग्रह)
सांझा संग्रह	:	दोस्ती यारियां मनमर्जियां
स्थाई पता	:	96, ईश कृपा सदन, आनंद नगर, खंडवा, मध्य प्रदेश

नारी

ब्रह्मा का वरदान हो तुम
सृष्टि का अद्भुत प्राण हो तुम
नारी में ही सब समझ गई तुम
'ना'... 'री' के बंधन का अंदाज हो तुम
ना, मत, नहीं.... सुना तुमने
बंधन को ही क्यों चुना तुमने
सृजन की अद्भुत दात्री हो
तुम नारी हो, नारी ही रहो
सृष्टि, प्रकृति, जगत तुमसे
प्यार, त्याग, अनुराग तुमसे
घर द्वार तरलता जीवन की
सब तुम से ही तो बनी री सुनो
समझो अब जगना है तुमको
अबला से सबला अब तुम बनो
आई यानों में गगन चूम
ले शत्रु से थोड़ा बैर धूम
पथ पर अब तुम ही छाई हो
फिर क्यों तुम अब तक सुनती रही
'ना' 'री'... को ही क्यों चुनती रही
जो हुआ सो हुआ अब जागो री
गुण को अपने पहचानो री
लो अब आया विश्वास चलो
बन दुर्गा, लक्ष्मी, राधे चलो
अब रहे स्मरण पहचान खुद की
नारी से ही सब जग यह सुनो
ब्रह्मा का वरदान हो तुम
सृष्टि का अद्भुत प्राण हो तुम।

नया आभास

दिल आज चाह रहा है
छोड़ दूं वो रिश्ते ...
जिनमें मन को सुख नहीं
काया को छाया नहीं
ईश्वर का परछाया नहीं
भयभीत हूं..
क्या उत्तर दूंगी
कोई पूछ बैठा तो
इतनी देरी क्यों
क्यों ना पहली चोट से
समझी थी यह सब
रंच – प्रपंच
शायद पहले दिन से ही
डरती रही हूँ
डर की तहें जम गई
बन गई चट्टान
अब तोड़ना होगा
लगा हिम्मत का बारूद
सब छोडना होगा
फिर नहीं सुबह होगी
नए पंख लगा
उड सकूंगी
विस्तृत आकाश में
एक नए आभास में।

बचपन का ख्वाब

बात उन दिनों की है, जब मैं छठी कक्षा में पढ़ती थी। तभी मेरे घर से 1 किलोमीटर दूर मारुति कार की फैक्ट्री बनी थी। रोजाना सुबह 6 :00 से 6 :15 तक बड़े-बड़े ट्रकों में लगी हुई मारुति कार मेरी नजरों के सामने से गुजरती थी। उनके रंगों में से, मैं रोज अपना एक प्रिय रंग ढूंढती। एक दिन मैं उसको चलाऊँगी ऐसा ख्वाब बुनती।

समय कैसे गुजर गया पता ही नहीं चला, और मैं 12वीं पास हो गई। कॉलेज का समय अलग था, और समय के साथ-साथ कार का सपना भी मैं भूल गई। वक्त के साथ जीवन आगे बढ़ गया और मैं मुंबई आ गई अब मेरे दो बच्चे थे। पति और मैं, कार लेने के विषय में सोच रहे थे। सब तय था, मरून रंग की वैगनआर लेना है।

पर जब हम शोरूम पहुंचे तो काफी सारी बातचीत के बाद एक सेकंड हैंड मारुति 800 बुक करके घर आ गए। बहुत दिनों तक मन बेचैन रहा कि पैसे भी थे, कार भी तय थी, फिर हमने यह मारुति 800 क्यों ली? घर में भी सभी पूछ रहे थे। बहुत दिनों तक मन में गुनतारे चलते रहे।

एक दिन वह छठी से बारहवीं तक का ख्वाब याद आ गया और फिर समझ गई मैं। सपना कोई भी हो शिद्दत से देखो तो पूरा होता है।

अनुभूति

45 की उम्र पार करते करते रीना अपने जीवन के अनेक अनुभवों के साथ, जीवन के साथ, सामंजस्य बिठाकर जीना सीख गई थी। हंसती तो थी पर खुश ना थी। पति की अपेक्षाएं, बच्चों की जिम्मेदारियां, इस सबके बीच कब प्यार कहीं छूट गया था, पता ही नहीं चला।

जिसमें उसके पति का प्यार चाहे वह शारीरिक हो या भावनात्मक, अपने चरम पर पहुंचा ही नहीं। वह हमेशा एक सामान की तरह प्रयोग की गई। कब और कैसे वरुण उसके जीवन में आ गया पता ही ना चला। शुरू में तो एक दूसरे को वैचारिक और भावनात्मक सहारा देते रहे, और इसी तरह कब इतने करीब आ गए की दो शरीर एक हो गए। एक प्राण हो गए।

वरुण के प्यार में रीना शरीर से, मन से, विचारों से , सुंदर बनती गई। अब वह खुशी से भरी हुई थी। वरुण और रीना के बीच 20 वर्ष का अंतर था, पर वरुण रीना को बहुत अच्छे से समझता था, सहयोग करता था। इतनी खुशी के बावजूद भी, कहीं ना कहीं रीना के मन में हमेशा यह प्रश्न रहता था कि कब तक और कैसे?

रीना वरुण के बिना जीना नहीं चाहती थी। बच्चे बड़े हो रहे थे। कई वर्ष बीत गए दोनों को इसी तरह अपने रिश्ते के साथ जीते हुए। अब समय आ गया था की या तो इस रिश्ते को खत्म कर दिया जाए या फिर इसे कोई नाम दिया जाए रीना का मन बेनाम रिश्ते से बहुत खुश था, संतुष्ट था, प्रेम से भरा हुआ था।

वह यह सोच कर परेशान थी की अब वह वरुण के बिना कैसे जिएगी? क्या प्यार मिलना इतना कठिन है? खुशी इतनी कीमती या बेशकीमती है कि हर किसी को हासिल न हो सके। क्या समाज, परिवार, बच्चे, संताने, माता पिता उसकी स्थिति को समझ पाएंगे।

कई बार घंटों वह और वरुण बैठकर इन्हीं बातों पर विचार करते यहां तक की वरुण चिंतित हो जाता है कि कहीं रीना की जिंदगी तहस-नहस ना हो जाए। उसके मन की खुशी परिवार को ना बिखेर दें। आखिर वह दिन आ ही गया जब वरुण रीना को इस रिश्ते में एक निर्णय पर आने के लिए मजबूर करने लगा।

धीरे धीरे जैसे करीब आए थे वैसे ही वह दूर हो गए। बस बीच में रह गया तो, वह प्यार का अद्वितीय अनुभव जिसने रीना की जिंदगी खुशियों से भर दी थी, सुंदरता से भर दी थी, प्यार से भर दी थी। क्या प्यार को समाज की इस नापतोल से मुक्त रखा जा सकता है? यही विचार मेरे मन को झकझोरे जा रहा था।

छत का आधार

वैसे तो स्मृति नाम था उनका, पर सब लोगों उन्हें सिमी बुआ जी के नाम से ही बुलाते थे। घर के सभी कार्यों में वह पारंगत थी चाहे किसी की मदद करनी हो, किसी का ब्याह हो या किसी के घर में कोई कार्यक्रम हो। हर जगह वह अपनी उपस्थिति दर्ज कराती थी। दिल्ली में एक बहुत बड़ा सा घर था उनका।

उस घर की एक बड़ी सी छत थी। उससे अद्वितीय रिश्ता था उनका। चाहे मिर्ची सुखानी हो, कपड़े सुखाने हो। मौसम के अनुसार सभी तरीके के पापड़..चावल के, साबूदाने के, आलू के, हर तरीके के पापड़ छत पर वह सुखाने के लिए जाती थी। सिर्फ यही नहीं समय-समय पर अपने दुख से भी इसी तरह छत से पार पा लेती थी।

छत पर जाती और कुछ समय बैठती, थोड़ी देर घूमती, विचार करती, मुंडेर से इधर-उधर देखती, गली में झांकती और फिर इन सब चीजों को देखकर उस गली में आते जाते लोगों को देखकर वह अपना तनाव खत्म करती, भूल जाती और फिर से नई शक्ति के साथ छत से नीचे आकर अपने काम में लग जाती।

पूरी जिंदगी एक अविवाहित ननद के साथ रहना अपने आप में कठिन कार्य था, पर उन्होंने उसे बहुत अच्छे से निभाया। कहीं ना कहीं घर का जो तनाव था, तकलीफ थी, किसी किसी के ताने थे, वह सब से छूटने में, सब से मुक्ति पाने में, सब से राहत पाने में छत का एक बड़ा महत्वपूर्ण योगदान था। संस्कार भी ऐसा था कि चिट्ठी लिखकर या फोन करके या मां-बाप से मिले तो ससुराल की बुराई नहीं कर सकते। बुराई करते भी तो माता-पिता हमेशा यही सीख देते कि बेटा कम खाओ और गम खाओ। वह भी यही करती रही। समय के साथ सब छत पर जाकर खत्म हो जाता था या सच कहूं तो कहीं ना कहीं व्योम में विलीन हो जाता था।

सच तो वही जानती होंगी पर हां कई बार मैंने उन्हें तनाव की स्थितियों में छत पर चलते हुए देखा था। न जाने वह क्या सोचती रही होंगी या क्या विचार करती थी। इधर उधर देख कर या शायद पास के मंदिर की घंटियां सुन कर, या मंदिर की ध्वजा देखकर उन्हें राहत मिलती थी, मैं नहीं जानती हूं। छत उनके लिए बड़ी महत्वपूर्ण थी।

उनका एक ऐसा नाता था जैसे कि हमारा कोई रिश्तेदार, कोई अपना प्रिय मित्र जिसके कंधे पर सर रखकर अपना सब गम भुला देते हैं। जिसके करीब आकर हम अपने सारे दुख को भूल जाते हैं। ऐसा ही कुछ बुआ जी महसूस करती रही होंगी।

दूसरी और आज जब इतने बरसों के बाद मैं महसूस करती हूं कि अब ना तो वैसी स्थितियाँ है, ना वैसे संबंध रहे हैं, ना ही कम खाओ और गम खाओ का सिद्धांत रहा है। कहां खो गया, वह सारे दुखों को व्योम में विलीन कर देने वाला एक आधार।

कहने को तो वह छत थी, पर बुआ जी के लिए एक आधार थी, अपने दुख को विलीन करने का अद्वितीय आधार।

वह तवायफ ना बन सकी

सीमा और राज बाहर डिनर करके घर पहुंच चुके थे। बहुत ज्यादा बाहर भोजन करना सीमा को रास नहीं आता था, पर राज को यह सब पसंद था और दूसरी बात उसकी बुरी आदतों से निकलने में वह मदद कर रही थी। इसीलिए ज्यादातर सीमा राज की सभी बातों को स्वीकार कर लेती थी।

उसे लग रहा था कि, आजकल राज का मन उसमें और घर में लगने लगा है। यही सब बातों की उधेड़बुन में वह एक सुंदर सी नाइटी अलमारी से निकालकर पहनने लगी। रात के बाकी सारे काम करके वह बेडरूम में आई। अचानक राज ने उसे अपनी बाहों में भर कर धीरे से उसके कानों में कहा, चलो ना फिर से एक बार हनीमून मनाते हैं।

वह शरमा गई। इसी तरह धीरे-धीरे प्यार भरी बातें चलती रहीं और सीमा बहुत गहराई तक उसमें डूब गई। अचानक राज ने उससे कहा की सुनो ना मेरा दिल करता है, जैसे बार बालाएं नाचती है तुम भी उसी तरह एक बार मुझे नाच कर दिखाओ ना वैसे ही एक-एक करके अपने कपड़े उतारो ना। सीमा हैरानी, दुख और संकोच से भर गई।

वह समझ नहीं पा रही थी यह कैसी डिमांड है? यह कैसी इच्छा है? वह यह पूरी कर पाने में असमर्थ महसूस कर रही थी। वह असहज हो गई, सीमा ने मना कर दिया और बस उसी दिन से 2 बैडरूम और दो लोग एक स्वतंत्र जीवन जीने लगे। सीमा सोचने लगी काश वह तवायफ बन पाती।

यह कहानी कुछ सीमाओं से बाहर हो सकती है, किंतु यह किसी की जिंदगी की सच्चाई है।

परित्यक्त

कहने को तो वह मेरा विद्यार्थी था, लेकिन धीरे-धीरे कब उससे मां बेटे का रिश्ता बन गया पता ही नहीं चला। बात 2015 की है जब मैं उसकी कक्षा अध्यापिका थी। 114 बच्चों में मुझे वह याद रहते थे जो बहुत शरारती थे या फिर वह जो बहुत ही होशियार थे। पढ़ने में यह एक सामान्य छात्र था। मतलब अगर में 1 से 10 तक की गिनती करूँ तो वह 12-13 नंबर पर आता। पर हां कहीं ना कहीं उसका व्यक्तित्व एक अलग तरीके का प्रभाव लिए हुए था। जब पहला एग्जाम हुआ कक्षा में तो मैंने उससे कहा कि बेटा आपकी कोई पेरेंट्स नहीं आए तो वह बोला कि पेरेंट्स नहीं है।

मैं, मामा मामी के साथ रहता हूं और वह दोनों नौकरी करते हैं इसीलिए कोई नहीं आ सकता। तो मैंने कहा कि फिर तुम्हें पेपर नहीं दिखाऊंगी। समय गुजरता गया दूसरी परीक्षा भी आई दोबारा भी कोई नहीं आया। अब मेरे मन में आया कि उससे बात करूँ।

जब सब चले गए तो उसे एकांत में बुलाया और पूछा कि तुम्हारा दिल नहीं करता पेपर देखने का और पेरेंट्स कहां है ?तो उसने कहा कि मैम दिल तो करता है, और मैंने बोला कि ठीक है, मैं तुम्हारे पेरेंट्स की जगह साइन करके तुम्हें पेपर दिखा दूं। तो वह बोला कि हां मैं फिर मैंने उसके पेरेंट्स की जगह सिग्नेचर किया और उसको पेपर दिखा दिए।

इस तरीके से मेरा और उसका एक बातचीत का रिश्ता शुरू हुआ। धीरे-धीरे उसके बारे में मैं जाने लगी पता चला कि बहुत कम उम्र में ही उसकी माता की मृत्यु हो चुकी है, और सबसे बड़ा प्रकृति का या ईश्वर का जुल्म कहूंगी की उसके पिता ने उन दोनों बच्चों को नाना नानी को सौंप दिया। इस तरह से उसका अकेले रहने का सफर शुरू हुआ।

जब जिसका दिल किया और जैसी जरूरत हुई उसने दोनों बच्चों को अपने पास रख लिया। काम हो जाने पर दूसरी जगह भेज दिया, सारे मामाओं ने इसी तरीके से उन्हें इस्तेमाल किया, उनकी बड़ी मेहरबानी हुई कि उन्होंने दोनों भाई बहनों को भी अलग कर दिया। एक मामा के पास भाई रहता, दूसरे मामा के पास बहन।

इसी तरह से मीत और गीता दूसरों की मेहरबानी पर पलते रहे और शोषित भी होते रहे। एक दिन ऐसे ही मैं कॉलेज में चक्कर खाकर गिर गई और लोगों ने बताया की मैं उसी का नाम पुकार रही थी, उसे बुलाया गया और आनन-फानन में उसने अपने एक दोस्त की गाड़ी में मुझे बिठाया और घर पर ले चल ले गया।

बस यहीं से मेरा और उसका मां बेटे का रिश्ता शुरू हो गया, समय समय पर मैं उसकी मदद

करती थी। वो मेरे घर पर नहीं रहना चाहता था। कई बार मैं सोचती हूं की उसकी जिंदगी का अकेलापन कैसा होगा क्या सोचता होगा वह अपनी खुशी उदासी सुख दुख किस से बांटता होगा।

हालांकि अब मैं उसकी जिंदगी में हूं, फिर भी कई बार मर्यादाओं में फंसकर मैं उसके मन की थाह नहीं ले पाती। वह बहुत ही मिलनसार, मित्रवत व्यवहार करने वाला तथा सहयोगी किस्म का व्यक्ति है। बारहवीं कक्षा के तुरंत बाद ही उसे नौकरी करनी पड़ी क्योंकि उसे अपनी पढ़ाई खुद करनी थी, सारे मामा ने हाथ खड़े कर दिए।

मैं कई बार उसके अकेलेपन के क्षणों की साक्षी हूं, उसका दर्द उसकी आँखों में ही झलकता है, वह कभी भी जुबां पर नहीं आया। उसे देखकर लगता है माता-पिता ना होना एक प्रकार का दर्द है, किंतु पिता द्वारा त्याग कर दिया जाना अकेलेपन की पराकाष्ठा है।

वसुधा श्रीवास्तव

व्यक्तिगत परिचय

जन्म तिथि	:	03.05.1964
जन्म स्थान	:	जिला फतेहपुर, उत्तर प्रदेश
पिता	:	स्वर्गीय श्री मदन किशोर एडवोकेट
माता	:	श्रीमती उर्मिला श्रीवास्तव
पति	:	श्री टी डी श्रीवास्तव
शिक्षा	:	एम ए. संस्कृत, एवं हिंदी, बी.एड.
सम्प्रति / कार्य	:	लेक्चरर हिंदी
लेखन विधा	:	हिंदी कविताएं
पता	:	एक्सटेंशन 14, साईं क्षत्र, सुरभि मोहिनी होम्स, अवधपुरी, बीएचईएल, भोपाल मध्य प्रदेश
ईमेल	:	vasudha1763@gmail.com
दूरभाष	:	8602513500

आज की बेटी कल की नारी

नारी जीवन का है प्रथम द्वार,
बेटी होती है उपहार,
देना होगा सदा ही प्यार,
करना मत उसका तिरस्कार।
मां की छवि होती है बेटी,
माता-पिता को सुख है देती,
उनके दुख में दुखी भी होती।
आजीवन साथ निभाती बेटी,
दोनों कुलों की लाज बेटी,
बेटी है हर घर की शान,
विश्व में दिला रही सम्मान,
बेटी होती है अनमोल,
बेटे से कभी भी मत कम तोल,
बेटी के संस्कारों से ही,
दोनों कुलों में बजते खुशी के ढोल,
जीवन में अधिक सुख चाहते हो,
तो बेटी बहू में मत करना अंतर,
अपनी संस्कृति को अपनाओ,
नारी को सम्मान दिलाओ,
हर घर की बेटी अनमोल,
बचपन से ही देना प्यार,
इस बात का रखना ध्यान,
बेटी का रूप नारी जीवन का है प्रथम द्वार।

नारी की बुलंद आवाज

दृढ़ प्रतिज्ञा और परिश्रम से हर क्षेत्र में कदम बढ़ाया,
जो हम से टकराया वह बाद में अवश्य है पछताया।

रानी लक्ष्मीबाई बनकर रण कौशल खूब दिखाया,
पीठ पर अपने पुत्र को बांध अंग्रेजों को मार भगाया।

सती सावित्री बनकर मैंने यमराज से पति के प्राण बचाया,
कल्पना चावला बनकर अंतरिक्ष तक नाम कमाया।

मीरा चानू बन कर ओलंपिक में पहला पदक दिलाकर सम्मान बढ़ाया,
विज्ञान के क्षेत्र में अविष्कार करके जन-जन को सुख पहुंचाया।

मां, पत्नी, बेटी, बहन, बनकर सारे रिश्तों को खूब निभाया,
शिक्षिका का रूप बनकर भावी पीढ़ी का ज्ञान बढ़ाया।

सद्गुणों और त्याग की प्रतिमा बनकर मां का फ़र्ज़ निभाया,
चिकित्सकों के रूप में मानव सेवा करके रोगों से मुक्त कराया।

मैं नारी हूं, मेरी शक्ति को मत भूलो तुम हे मानव! तू क्यों इतराया,
दानव बनकर मत मारो तुम जीवनसंगिनी बनके मैंने जीवन सफल बनाया।

नारी शक्ति

नारी शक्ति की अद्भुत माया मानव इसको समझ ना पाया,
उसके आंचल की छाया में मानव ने मानव ने भी जीवन पाया।

नारी शक्ति को जो समझ गया, सदा ही उस को सम्मान दिलाया,
कुछ ने अपना पुरुषत्व दिखा कर नारी को आजीवन सताया।

नारी मां दुर्गा है, नारी ही है मां काली, हरपल रक्षा करने वाली,
पहले स्वर्ग पहुंचा कर नासमझ जनता होती मतवाली।

सुख दुख में साथ निभाने वाली नारी शक्ति की लीला है न्यारी,
यदि को अपना असली रूप दिखाएं तो हरदम होगी शक्ति भारी।

उसके त्याग, ममता और कोमलता को मत समझो लाचारी,
नारी शक्ति का मत करो तिरस्कार उसकी शक्ति के आगे सबने हिम्मत हारी।

नारी सशक्तिकरण

नारी सशक्तिकरण के लिए होना है तैयार,
मत करो कोमल काया पर अब तुम अत्याचार।

हर क्षेत्र में कदम बढ़ाया उसने परिवार और देश का सम्मान बढ़ाया उसने,
कोमल काया होने पर भी अनुपम भावनाओं का होती है भंडार।

वात्सल्य रस से होती परिपूर्ण शक्ति होती अपरंपार,
सारे काम करती है वह घर हो या बाहर।

नारी सशक्तिकरण तभी संभव हो पाएगा,
जब हर मनुष्य नारी को हृदय से सम्मान दिलाएगा।

नारी के हैं रूप अनेक हर रूप की महिमा अपरम्पार,
यदि घर की नारी का किया सम्मान तो दानव भी मानव बन जाएगा।

नारी सशक्तिकरण के खातिर हाथ से हाथ मिलाना है,
आजीवन साथ निभाने वाली नारी के हर रूप को विश्व में सम्मान दिलाना है।

नारी स्वयं है आदिशक्ति इस बात को भूल नहीं जाना है,
नारी को कमजोर बताकर अपना पुरुषत्व नहीं दिखाना है।

नारी है सम्मानीय

नारी देती जन्म सभी को क्यों करते इसका अपमान,
मां बहन की दृष्टि रहेगी सदा करोगे इसका सम्मान।

इसके साथ दुराचार करके मानव दिखाता है अपनी शान,
उसके भी तो बहन बेटी है इस बात को भूल बन जाता हैवान।

ईश्वर ने इंसान बनाया उपयोग करो अपना बौद्धिक ज्ञान,
नारी के साथ अत्याचार करते बन जाते हो तुम नादान।

नारी है सम्मानीय देश की संस्कृति सदा सिखाती है,
"यत्र नार्यस्तु पूज्यंते" भूल कर ना जाने क्यों बुद्धि भ्रष्ट हो जाती है।

भारत का कानून और दंड संहिता के नियम यदि हो जाएं कठोर,
जो मनुष्य की कुदृष्टि कभी ना होगी अबला या सबला की ओर।

'माँ' की महिमा

"माँ" शब्द की महिमा अद्भुत और अपार,
उस ऋण का हम सभी पर आजीवन रहेगा उपकार।
इस छोटे से शब्द की महिमा को जानता है संसार,
उसका जीवन व्यर्थ है जो भूल गया मां के उपकार।
जननी, माता, अम्बा, अम्मा, ढेर सारे हैं इसके नाम,
'माँ की ममता को जो समझ गया उसका जीवन बना महान।
वात्सल्य रस से हरदम वह होती है भरपूर
बेटा हो या बेटी अपने हृदय से कभी न करती दूर।
स्वयं रातभर जागकर मीठी नींद सुलाती है,
प्रात: काल होते ही सारी थकान भूलकर दिनचर्या में लग जाती है।
माँ ने अपने लाल के खातिर धरती पर चाँद दिखाया,
थाली में पानी भरकर उसको बहलाया फुसलाया।
नित नये - 2 वेश पहनाकर माँ मे सदा सजाया,
किसी की नजर न लग पाये, सदा ही माथे पर काला टीका लगाया।
माँ के आँचल से बढ़कर इस जीवन में नहीं है अद्भुत छाया,
न जाने क्यूं भूल रहा है मानव पाकर भौतिक सुखों की माया।
'महान लोगों से सीख लो करना अपनी माँ का सम्मान,
ऊँचा पद-प्रतिष्ठा पाकर भी माँ का मत करना अपमान।
वृद्धावस्था आने पर' माँ' होती है बच्चों की जिम्मेदारी,
उनकी संपत्ति अधिकार जताकर मत करना कभी हिस्सेदारी।
'माँ' शब्द का करना गुणगान कभी न करना उनका अपमान,
हमेशा खुशी के आंसू आएं इस बात का रखना ध्यान।
माँ शब्द की महिमा के लिए शब्द नहीं है मेरे पास,
अपने हृदय की भावनाओं को लेखनी से बांधने का कर रही हूं पूरा प्रयास।

आदणीया माँ के लिए समर्पित

कवयित्री यज्ञसैनी साहू

व्यक्तिगत परिचय

मेरा नाम यज्ञसेनी साहू है। कवयित्री यज्ञसेनी साहू के नाम से मेरा यूटयूब चैनल भी है। मै हर रस में कविता लिखती हूँ। अब तक लगभग पचास कविताएं लिख चुकी हूँ, मेरी पहली कविता 'जीने की राह' है जो कि अंबिकावाणी में प्रकाशित हो चुकी है। छंद मुक्तक दोहा कविताए लिखती हैं। मेरी रचनाएं कई प्रतिष्ठित मंचों एवं पोर्टलों पर प्रकाशित हो चुकीं है। मैने रामायण मे भी लिखा है और भी लिखना जारी है। मैने सरस्वती वंदना भी लिखा है।

लेखन विधा : मुक्तक मे वीर रस, छंद मे कविता
गतिविधियाँ : मंच पर कविता पाठ
पुस्तक प्रकाशन : पूर्व में एक काव्य संकलन प्रकाशित
निवास स्थान : रायपुर छत्तीसगढ़

नारी का जीवन

नारी के जीवन में जीवन साथी और शादी का महत्व,
क्या तेरा है, क्या मेरा है।
शादी का अर्थ, तो सात फेरा है।।
जीवन में जीवनसाथी का अहम हिस्सा है।
इसके बिना जीवन, में अधूरा हर किस्सा है।।
जब होती है शादी, तो बढ़ती है जीवन की आबादी।।
शादी से पहले नारी होती है बेटी।
फिर वो बन जाती है बलिदान की पेटी।।
एक नारी के मुख्य, होते हैं पांच अवतार।
हर अवतार में वो न्यौछावर, करती है प्यार।।
जन्म के बाद पिता के घर, में मिला उसे बेटी का नाम।
सदा छोटो को देती प्यार और बड़ों का भी करती सम्मान।।
फिर पिता के घर से विदा, होकर बनती है नारी बहुरानी।
किसी की बनती है भाभी, तो किसी की बनती है देवरानी।।
फिर नारी बनती, है बच्चों की मैया।
सही मंजिल दिखाकर, पार करती है वो अपने बच्चों की नैया।।
फिर नारी बनती, है बहू की सास।
सही मंजिल दिखा कर, देती है अपने बच्चों को आस।।
अंत में नारी बनती, है बच्चों की दादी।
अपने बच्चों को देती, है खुश रहने की आजादी।।
शादी एक पवित्र, बंधन है।
इस बंधन में सृष्टि में बनता हर जन है।।
शादी करके हम बढ़ाते, हैं अपने पूर्वजों का संस्कार।
इसके बाद बढ़, जाते हैं हमारे सामाजिक अधिकार।।

नारी तेरी यही कहानी

नारी अब बस, तुम सहना नही जुल्म,
नारी तेरी यही कहानी।
सदियों से तू सहती आई, चाहे दासी हो या रानी।।
पर अब बस, तुम जुल्म सहना नहीं,
बुराई के आगे घुटने टेकना नहीं,
दिखाना हिम्मत तुम बनकर मर्दानी।
नारी तेरी यही कहानी।।
सदियों से तू सहती, आई चाहे दासी हो या रानी।
जिन्होने तुम्हें परंपरा के नाम से ठगा है,
अंधविश्वास के नाम से ठगा है,
इस बात से तुम्हारे मन को ठेस लगा है।
पर अब बस मत सहना उनकी कोई भी मनमानी।।
नारी तेरी यही कहानी।
सदियों से तू सहती आई, चाहे दासी हो या रानी।।
जिनके लिए तूने अपने सपनों का किया कुर्बान,
जिनके लिए तूने अपने सुख का दिया बलिदान,
उन्हीं लोगों ने ही पल-पल किया,
तुम्हारे आत्म सम्मान का अपमान,
पर अब बस तुम जुल्म सहना नहीं, तुम चुप रहना नहीं,
सच्चाई के लिए बन जाना तुम झांसी की रानी,
नारी तेरी यही कहानी।
सदियों से तू सहती आई चाहे दासी हो या रानी।।
जिन्होंने तुम्हारे दामन पर लगाई दाग,
वो भी होगें जलकर खाक,
तुम सब्र रखना, हिम्मत दिखाना
और उनको बन के दिखा देना तू महिषामरदिनी।

नारी तेरी यही कहानी सदियों से
तू सहती आई चाहे दासी हो या रानी।।
ओ बंदे, जो स्वार्थ की पट्टी पहनकर हो गए हैं अंधे,
जिन्होंने जीवन में दिए तुमको कांटे ही कांटे,
जिन्होंने तुम्हारा दुख कभी नहीं बांटे,
पर अब बस उनके खिलाफ आवाज उठाना तुम,
ताकि दोबारा कर न सके तुम्हारे साथ कोई भी शैतानी।
नारी तेरी यही कहानी।।
सदियों से तू सेहती आई चाहे दासी हो या रानी।।

मुंशी प्रेमचंद

पवित्र पावन था, जिसका मन।
स्पष्टवादी था जिसका जीवन।।
जिसने सिखाई सही राह।
जिनकी कहानी को पढ़कर मन कह उठता वाह।।
जिनकी कविता, कहानी पढ़ने के लिए सब है रजामंद।
वह साहित्य जगत के थे महान कवि और लेखक मुंशी प्रेमचंद।।
वह साहित्य जगत के थे सम्राट।
जिन्होंने सिखाई, जीवन में सही बाट।।
उन्होंने लिखी गबन उपन्यास।
उनकी कविता कहानी, जीवन को प्रेरणा देती हैं
और जीवन के लिए है खास।।
खिला-खिला रहे चमन, हमारा।
मुंशी प्रेमचंद जी के चरणों में नमन हमारा।।

गुजराती रचनाएं

સંગીતા જોષી

व्यक्तिगत परिचय

જન્મતારીખ : 23-11-1962

જન્મસ્થાન : અમરેલી

પિતા : પ્રેમશંકર પંડ્યા

માતા : કાશીબેન પંડ્યા

પતિ : ચેતન જોષી

શિક્ષણ : બી.એસ સી .બી એડ,
બી .લીબ.આઇ.એસ સી.

કાર્ય : નાશિકની સેકન્ડરી સ્કૂલમાં
30 વર્ષ ગણિત શિક્ષિકા તરીકે કાર્ય કરેલ છે.
વાંચન-લેખન, ગુજરાતી ભાષા પ્રચાર-પ્રસાર
માં કાર્યરત

પ્રકાશિત : બ્રહ્મનાદ, નાશિક ગુજરાતી પરિવાર
સામયિકોમાં લેખ, કવિતા, વાર્તા.....

પ્રાપ્ત સન્માન : સાર્વજનિક વાચનાલય.નાશિક તરફથી આદર્શ
શિક્ષક એવોર્ડ.

સરનામું : 4 સ્વસ્તિક નગર દિંડોરી રોડ, મેરી-હીરાવાડી
લિંક રોડ, મેરી.નાશિક 422004

ઇ મેલ : sangitajoshi2311@gmail.com

દૂરભાષ : 9545285384

સ્ત્રી બોલે છે...

નાજુક શી કળીને ખીલવા ન દીધી
જનમ જો આપ્યો તો જીવવા ન દીધી
પ્રથા ને પરંપરાની બાંધીને બેડીઓ
મુક્ત શ્વાસ કદી લેવા ક્યાં દીધો!
અણુ થી અવકાશની છે ઉડાન મારી
કોણ આપે આકાશ ને પાંખો મારી
બનાવી દીધુ મને નાનું શુ બોન્સાઈ
જેના વધવાનો ક્યા અવકાશ કદી?
કોઈ કહે આમ કર કોઈ કહે તેમ કર
રિવાજોના ચોકઠામાં જડી દીધી પછી
પિતા, પતિ, પુત્ર બધા કહે પારકી
નીડ મારો પોતાનો ક્યાં હોય કદી?
મુગ્ધા રમણા કે હોય રુતુમતી
દરિંદોની ગંદી નજર છે અમારી નિયતિ?

મૈત્રી

જિંદગીની મોંઘી મિરાત છે મૈત્રી
એક અનૂઠો, અનેરો અહેસાસ મૈત્રી.
છો બદલાય બોઝીલ જીંદગીના સમીકરણો
મોરપિંછ શી હળવાશ છે મૈત્રી.
સ્નેહ સાથે જોડાય સ્વીકાર ને સમજદારી
લો રચાયું જે સંયોજન તે મૈત્રી.
ચાહે ગમ હો કે નિરાશાના વાદળો
ધબકતા શ્વાસોનું રિચાર્જ મૈત્રી.
હોય ઉણપો ને અહં અઢળક
ખુલ્લા દિલે દિલને અપનાવે છે મૈત્રી.
ના દંભ, દેખાડો કે ઔપચારિકતાનો અંચળો
નિખાલસતાનો પર્યાય છે મૈત્રી.

નિસર્ગ વંદના

નિસર્ગદેવની લીલા છે ન્યારી
પોષે તે મારે એવો ક્રમ કુદરતી

વહેતા જળ, સમીર ને દરિયાના મોજા
ઊર્જાના અદ્ભૂત ભંડાર અનોખા

વસુંધરાનું વ્હાલ તે કેવું?
દ્રૌપદીના અખેર પાત્ર જેવું

ખરતા પર્ણો સમજાવે સનાતન સત્ય
ફરે સુખ દુ:ખના ચક્રો સદા

કરશો વનરાઈનું જતન તો
સ્વર્ગ બનશે વતન

વિમૂખ થયો કુદરતથી માનવ
પર્યાવરણના નાશને દીધુ નિમંત્રણ

કરો પંચ તત્વોનો દિલથી આદર
નિસર્ગદેવ વરસાવશે સુખની હેલી

હસ તુ હરદમ

SURVIVAL FOR THE FITTEST ડાર્વિનના આ નિયમાનુસાર દરેકને પોતાનું સ્થાન મેળવવુ છે. આ રેસમાં સર્જાય છે તાણતણાવ જેને દૂર કરવાનો એક જ ઉપાય છે હસતા રહો! એ સિધ્ધ થયેલ છે કે હાસ્ય તમારા બી.પી, શ્યુગરને નિયંત્રણમાં રાખે છે.મુન્નાભાઇ એમ.બી.બી.એસ ના ડો .અસ્થાનાની હાસ્ય થેરાપી યાદ કરો અને અજમાવી જુઓ.તમે હસશો તો તમારું હૃદય હસશે.જિંદગી કઇ ફૂલોની પથારી નથી. UPS. અને DOWNS તો આવતા રહેવાના. નિષ્ફળતીનો સામનો કરવો પડે ત્યારે જાતને ફોસલાવતા શીખો.કહો–

"રોના કભી નહી રોના, ચાહે બિખર જાયે સપના સલોના."

જીંદગીને ભારી ભરખમ ન બનવા દો. હસવાથી ફેંફસાની ઓકિસજન લેવાની તાકાત જ નથી વધતી પણ કડવાશોને ઉચ્છવાસમાં કાઢી શકવાનો કિમિયો પણ હાથ લાગે છે. કૂવો ભરીને રડવાની પળોએ જો ખોબો ભરીને હસીને માણીયે તો દુ:ખનો અવસર પણ રમણીય બની જાય.

હાસ્ય એ એક અદ્ભૂત પેઇન કીલર છે જે તમારી ઘણી તકલીફો ઓછી કરે છે અને એ પણ કોઇ સાઇડ અસર કર્યા વિના. ચહેરા પર સ્મિત પહેરશો તો નિખરી ઉઠશો કોઇ મેંક અપ વિના. સંબધોના સમીકરણોને સંતુલિત રાખવા મુસ્કાન ઉંજણ જેવુ કામ કરે છે.

"હસે તે સૌને ગમે" હસે તેનુ ઘર વસે. અને એ વસેલા ઘરને કાયમ રાખવા પણ ગમે તે પરિસ્થિતિમાં હસતા રહેવુ જરુરી છે!

હંમેશા પહેરી રાખવા જેવો માસ્ક છે હાસ્ય. હસતી વ્યકિત હકારાત્મકતાના વાઇબ્સ ફેલાવે છે. આસપાસનું વાતાવરણ પણ હસી ઉઠે.

જીંદગી ચાર દિનકી ફિર અંધેરી રાત

SO SMILE AND MAKE EACH DAY COUNT!

હાસ્યદેવના આશિષ સદા પ્રાપ્ત થાય.

મા તુજે સલામ!

મે મહિનાનો બીજો રવિવાર –મધર્સ ડે "મા"નો દિન.માતાનું ઋણ તો સ્વયં ભગવાન પણ ઉતારી શકતા નથી તો આપણું શું ગજું? હા! કરી શકાય માત્ર ઋણ નિર્દેશ દુનિયાભરની માને આદરાંજંલિ આપીને.

વિશ્વભરના સાહિત્યમાં મા વિશે થોકેથોક લખાયુ છે.પણ વિચારો!

ખરેખર મા ને કોઇ અલંકાર, ઉપમા વિશેષણની આવશ્યકતા છે ખરી?! મા એવો શબ્દ જેનું ઉચ્ચારણ માત્ર તમારા અસ્તિત્વને ઉજાસમય બનાવે. તીવ્ર વેદનાની પળે જેનું સ્મરણ માત્ર વહાલનું લેપન કરશે એ ભરોસો છે મા.

મા, બા, મમ્મી, મોમ, મધર, મમ્મા કે આઈ ગમે તે નામે પોકારો લાગણીનું અમીઝરણું વહેતુ દેખાશે. મા એવો આધાર છે તમારા પહાડ જેવા દુ:ખનું કદ પળ મા ઓછુ કરી નાખે.

આપણા અસ્તિત્વના પ્રમેયનુ ફકત વિધાન જ નહિ પક્ષ, સાધ્ય ને સાબિતી છે મા.

સ્નેહ અને સંસ્કાર સીંચીને આપણો પિંડ ઘડનાર શિલ્પી છે મા.એક હરતીફરતી એકેડમી છે જીંદગીની દરેક અડચણમાં પાર ઉતારે છે. દુનિયાનો સર્વોત્તમ ફેસરિડર જે સંતાનના ચહેરાની બદલાતી રેખાથી તેની મન:સ્થિતિ કળી શકે.અદ્દ્ભૂત શિતળતાનો અહેસાસ છે મા .

રસોડામાં ભાખરી વણીને કે ઑફિસમાં કિ બોર્ડ ચલાવીને થાકેલો હાથ બાળકની પીઠ પસારી સોડમાં લઇ જે પરિકથા સંભળાવે એ પરિકથાની પરિ છે મા! કહે છે ભગવાન દરેક ઘરે ન પહોચી શકે તેથી તેણે માતાનું સર્જન કર્યુ છે. મા ના ચરણ સર્વોત્તમ તીર્થ છે.

નિસ્વાર્થ પ્રેમની સંપૂર્ણ પરિભાષા છે મા.તેથી જ તેના અજોડ પ્રેમ વિષે સાચુ જ કહેવાયુ છે "જનની ની જોડ સખી નહિ જડે રે લોલ."

કુપુત્રો જાયતે ક્વચિદપિ કુમાતા ન ભવતિ.માતા કદી કુમાતા ન બની શકે.

મારી આ શબ્દઅભિવ્યક્તિ દુનિયાની પ્રત્યેક મા ને અર્પણ સાદર વંદનસાથે.

જાને કૌન સા દેશ જહાઁ તુમ ચલે ગયે.

ચિઠ્ઠી ન કોઈ સંદેશ જાને કૌન સા દેશ જહાઁ તુમ ચલે ગયે."

જગજિતસિંહની ઉપરોક્ત પંક્તિ સ્વજનની વિદાયની વેદના તીવ્ર રીતે વ્યકત કરે છે. મરણ–જીવનનું સનાતન સત્ય . મૅડીકલ ભાષામાં શ્વાસનું થંભી જવુ એટલે નિધન.દિલથી નિકટ

વ્યકિતનુ અવસાન દુ:ખના પહાડ સમુ હોય છે. પ્રાર્થનાસભામાં વંચાતા શોકસંદેશાઓ ખાલીપાને વધારે છે.

"જન્મેલાનું મરણ નિશ્ચત છે" આ નગ્ન સત્ય સ્વીકારી શકાતુ નથી.જેની આગળ "સ્વ" ને પાછળ "હતા" શબ્દ લાગે, જેના જવાથી દુનિયા એજ રહે ફક્ત તમારી દુનિયા બદલાઇ જાય.

યાદોના વનમાં ભટકીભટકીને થાકી જાવ પણ એ કદી ન મળે.

Show musŧ go on. કોઈની વિદાયથી કંઇ અટકતુ નથી.જીવવાન

જાને કૌન સા દેશ જહાઁ તુમ ચલે ગયે.

ચિઠ્ઠી ન કોઈ સંદેશ જાને કૌન સા દેશ જહાઁ તુમ ચલે ગયે."

જગજિતસિંહનની ઉપરોક્ત પંક્તિ સ્વજનની વિદાયની વેદના તીવ્ર રીતે વ્યકત કરે છે. મરણ-જીવનનું સનાતન સ઼ત્ય . મૅડીકલ ભાષામાં શ્વાસનું થંભી જવુ એટલે નિધન.દિલથી નિકટ વ્યકિતનુ અવસાન દુઃખના પહાડ સમુ હોય છે. પ્રાર્થનાસભામાં વંચાતા શોકસંદેશાઓ ખાલીપાને વધારે છે.

"જન્મેલાનું મરણ નિશ્ચત છે" આ નગ્ન સત્ય સ્વીકારી શકાતુ નથી.જેની આગળ "સ્વ" ને પાછળ "હતા" શબ્દ લાગે, જેના જવાથી દુનિયા એજ રહે ફક્ત તમારી દુનિયા બદલાઇ જાય.

યાદોના વનમાં ભટકીભટકીને થાકી જાવ પણ એ કદી ન મળે.

Show musŧ go on. કોઈની વિદાયથી કંઈ અટકતુ નથી..જીવવુ પડે છે . હરતીફરતી હયાતી દિવાલ પર તસ્વીર બની જાય.સુખડનો હાર જાણે પોકારી પોકારીને કહે કે તમારે મારા વિના જીવવાનુ છે. મરણની અસર મરનાર સાથેના સંબંધના વ્યસ્ત પ્રમાણમાં છે.

ખિલતે હૈ ગુલ યહાઁ ખિલ કે બિખરનેકો ---- દરેક ખિલેલા ફૂલ માટે કરમાવુ તેની નિયતિ છે.સ્વજનની ચિરવિદાયથી પડેલા ઘા પર મલમનું કામ કરે છે સમ઼ય.

"વાસાંસિ જીર્ણાનિ યથા વિહાય ---" અનુસાર આત્મા નવુ શરીર ધારણ કરે છે. એક એવા પ્રદેશની સફરે પ્રયાણ કરે છે જ્યાં સંદેશવહન નિષેધ છે.કહેવાય છે કે ધરતી પરથી કાયમી વિદાય થયેલ વ્યકિત આકાશમાં તારો બનીને ચમકે છે તેથી જ કદાચ તારા અગણિત છે.તારાના આ ઝુંડમાં કોઇ તારો મારો છે બસ આ અનુભૂતિ માત્ર શેષ રહે છે.અને રહે છે અઢળક સંસ્મરણોનો કાફલો જે જીવવા માટે ભાથું છે. મારા, તમારા, આપણા સૌના દિવંગત સ્વજનોને આદરાંજલિ સહ મારું આ શબ્દતર્પણ .

ગુરુ મહિમા

મૂલ્ય, સંસ્કારના કવચ–કુંડળ દીધા
યુધ્ધ જીવનનું જીતવા બળ આપ્યુ તમે.

ધૂળનો નામકડો ઢગલો હતાં અમે,
અસ્તિત્વને નવી ઓળખ આપી તમે.

રસ્તાનો પથ્થર બનીને રહી જાત અમે,
અનુશાસનના હથોડે કંડાર્યા ન હોત તમે.

માતા–પિતાએ બાંધ્યો અમ પિંડ,
દઈ વિદ્યા દાન સારા મનુજ બનાવ્યા તમે.

લપસી ગયા હોત કદમ દુન્વયી પ્રલોભનોમાં,
પંથ સચ્ચાઈનો ન ચીંધ્યો હોત તમે.

ઋણ કદી ચૂકવાય તવ ઉપકારોનું
મુઠ્ઠી ભર શબ્દસુમનો તમ ચરણે.

જિંદગી-કુછ મીઠી કુછ મિર્ચી

સજીવના આદિથી અંત વચ્ચેના સમયખંડમાં આયુષ્યની અગણિત પળોનો પુંજ એટલે જિંદગી. ક્યાંક મુઠ્ઠીભર તો ક્યાંક ન ખૂટતા શ્વાસોનું યોગફળ છે જીંદગી.

કોઈએ તેને રંગમંચ કહી છે તો કોઈએ સુહાના સફર.વ્યકિતએ વ્યકિત એ સંજોગો પ્રમાણે આ ખૂબસુરત ચીજની પરિભાષા બદલાતી રહે છે. ક્યારેક ચોકલેટ જેવી મીઠી લાગે તો ક્યારેક કડવી વખ જેવી.પ્રત્યેક મોડ પર નવુ સ્વરુપ ધારણ કરે છે જિંદગી. આયુષ્યના વિવિધ સમયખંડોમા નિત નવીન રુપ ધરી પ્રેમ, ઉદાસીનતા, વિસ્મય, વ્યથા જેવા રંગોનું અદ્‌ભૂત રેઈન બો રચી જીવનને અજવાળે છે. માનવજાતને ઈશ્વરે આપેલ આ અણમોલ ભેટને જાણો, માણો અને અવસર સમજીને ઊજવો. જિંદગી સપના જોવા ને પૂર્ણ કરવા માટે છે.

"જીંદગી જીયો તો ઐસે જીયો કિ જૈસે હો આખરી પલ" પછી તો આયુષ્ય જ નહિ મોત પણ મોરપિંછ મુકામ બની જાય. જીવનનો રથ સુખ–દુ:ખના બેલેન્સથી સરળ ચાલે. ક્યારેક તેના ઇમબેલેન્સને પણ આવકાર્ય ગણવુ પડે.ખોબો ભરીને હસવાની પળો પર કૂવો ભરીને રડવાની પળો હાવી થઇ જાય ત્યારે જાતને સમજાવો કે "ધીસ વીલ ઓલસો પાસ"

જિંદગી છે ઉતાર ચઢાવની અવિસ્મરણીય યાત્રા. ચેતન વગરના જીવનને મેડીકલ ટર્મમાં વેજીટેબલ લાઇફ કહે છે જયાં શ્વાસ તો છે, સંવેદના નથી.

નસીબદાર છો કે પ્રભુએ તમને તંદુરસ્ત હૃદય ને બ્રેઈનની સુંદર ભેટ પ્રદાન કરી છે. બીગ થેંક્યુ તો બનતા હૈ યાર! માણસ પૂરી જિંદગી સુખ નામ ના પ્રદેશની શોધમાં ભટકતો રહે છે.

પણ એનુ સરનામું મળતુ જ નથી.વાસ્તવમાં આવા પ્રદેશનું અસ્તિત્વ છે ખંરુ? સુખ અને દુ:ખ બંને અતિથિ છે. આપણે બનવાનુ છે હોસ્ટ. કેટલાક વિચારે છે અઢળક પૈસો આવે તો લાઇફ બની જાય! પૈસા આવે ત્યારે સંબંધો–હૂંફનો અભાવ સાલે છે.

મુશ્કેલીની પળોમાં તમારાથી વધારે દુ:ખી વ્યકિતનો વિચાર કરો. તમારી

વેદનાના પહાડનું કદ ઓછુ થતુ દેખાશે. જિંદગીની ખાટી-મીઠી પળોને ઉત્સવની માફક ઊજવો તો તેને જીવવી, જીરવવી સહેલી પડશે.

લાઈફ ઈઝ બ્યુટીફુલ...(કંડીશન એપ્લાય!)

પાની પાની રે...ખારે પાની રે...

ગુલઝારસાહેબ કહે છે.

"આંખોસે આંસુઓ કે મરાસિમ

પુરાને હૈ." નયન અને આંસુનો નાતો અતૂટ છે.

માનવજાતના અસ્તિત્વનો આરંભ તેમજ અંત આંસુથી જ થાય છે. બાળક જનમતા ન રડે તો તેના જિવિત હોવા વિશે સવાલ ઊભો થાય .ડોક્ટર ટપલી મારીને રડાવે છે.મરનારની પાછળ ખોબો ભરીને આંસુ ન સરાય તો તે કેવું જીવ્યો એવો સવાલ ઉભો થાય .

પાણીનું ટીપું- જ્વલનશીલ અને હરજ્વલનપોષક વાયુના સંયોજનનું ઉષ્ણ , ખારું સ્વરુપ નામે આંસુનું પ્રગટ થવુ અસામાન્ય ઘટના છે. હર્ષની પરાકાષ્ટા કે વેદનાનો મહાસાગર

ઉભરાય ત્યારે આંખના કિનારા છોડી લાગણીનો ધોધ પ્રવાહિત થાય અશ્રુ રુપે. એક કવિની સુંદર કલ્પના છે કે દરિયો કઇ રીતે બન્યો હશે? મીરાની ગિરિધર ગોપાલની દિવાનગી, શબરીની

રામ પ્રતિક્ષા ને રાધાનો ક્રિષ્ણ વિરહ જયારે અશ્રુ રુપે વહ્યો ત્યારે દરિયો બન્યો.

આંસુ પ્રાર્થનાના હોય કે પસ્તાવાના, વ્યથા કે વિરહના પથ્થરને પણ પિગાળવાની તાકાત છે એમા.સ્રીઓને આંસુ હાથવગા છે.પુરુષોને દુર્લભ. તેથી જ પુરુષોમા હાર્ટએૅટેક વધુ આવે છે.

જો આંસુ રુપે વેદના ન વહી જાય તો માણસ ખડક બની જાત.

રુદન સ્ટ્રેસને ઓછુ કરે છે.પરિસ્થિતિ સામે લડવાનું બળ આપે છે.

સો ક્રાય, ડોન્ટ બી શાય...!

ને જુઓ ચમત્કાર ! ગમને દૂર કરવાની ઔષધિ જડી ગયાની અનુભૂતિ થશે.

કભી કભી રોના ભી સેહત કે લિયે અચ્છા હૈ !

मराठी रचनाएं

वैशाली अतुल वाडकर

व्यक्तिगत परिचय

जन्म तिथि	:	26/02/1983
जन्म स्थान	:	हडपसर पुणे
पिता	:	बाळासाहेब भागुजी सुर्वे
माता	:	शालिनी बाळासाहेब सुर्वे
पति	:	अतुल बबन वाडकर
शिक्षा	:	10th
सम्प्रति / कार्य	:	एकता महिला ग्रुप फॉउंडर अँड दिव्या टूर्स ट्रॅव्हल्स ओनर
प्राप्त सम्मान	:	सखी पुरस्कार, कोरोना योद्धा, (सौन्दर्य सखी 2019 सेंकडं विनर)
पत्ता	:	पुणे हडपसर
ईमेल	:	vaishali26283@gmail .com

आजची स्त्री

स्त्री ही मुळातच परमेश्वराची एक अप्रतिम निर्मिती आहे. स्त्रीच्या अस्तित्वामुळेच संपूर्ण जगाला सौंदर्य प्राप्त झालेले आहे. आजच्या स्त्रीने तर तिच्या सर्व बंधनांवर मात करून प्रगतीच्या दिशेने घोडदौड सुरू केली आहे.

पूर्वीच्या काळी असे म्हटले जायचे की,
स्त्री जन्मा ही तुझी कहाणी
पदरात पान्हा नयनात पाणी

पण हल्लीच्या काळामध्ये फक्त या ओळी पुरताच स्त्रीचे अस्तित्व मर्यादित राहिलेले नाही. एक काळ असा होता की स्त्रियांची कर्मभूमी आणि कार्यक्षेत्र हे घराच्या आतच मर्यादित होते. पुरुष प्रधान संस्कृती मध्ये घरात पुरुषांचेच वर्चस्व दिसत असे. घरातील कोणत्याही प्रकारचे निर्णय पुरुष घेत असे स्त्रीने फक्त त्या निर्णयाची अंमलबजावणी करणे. एवढेच तिच्या हातात असे. एकदा निर्णय झाला की त्यावर मतप्रदर्शन देखील करायचे नाही.

विविध कार्यालयांमध्ये देखील श्रेया क्वचित दिसत असत महाविद्यालयांमध्ये शिकण्यासाठी हे दोन-चार मुलीच असं सार्वजनिक ठिकाणे चौकात चार-चौघात रस्त्यात किंवा अन्य कुठेही मुली अथवा स्त्रीया मोकळेपणाने बोलताना दिसत नव्हत्या. प्राथमिक आणि माध्यमिक शिक्षणाची ही अवस्था तर मग उच्चशिक्षणात तर स्त्रियांची अवस्था सांगण्यासारखी नव्हती. उच्च शिक्षणात फक्त पुरुषांचीच मक्तेदारी होती, पण काळ बदललेला आहे . आजचे दृश्य हे आश्चर्यचकित करणारे आहे.

आजची स्त्री हि डॉ, इंजिनिअर, शास्त्रज्ञ, प्रशासकीय अधिकारी, वा आमदार अश्या महत्वाच्या पदांवर काम करीत असली तरी ह्या कर्तबगारीपेक्षा ती घरकाम किती करते या वरून समाज तिचे मोठेपण व कर्तुत्व आजही ठरवितो. विवाहापूर्वी जोपासलेल्या कला, छंद, शिक्षण याकडे विवाहानंतर दुर्लक्ष केले जाते. संसारातील जबाबदार्यांमुळे वेळे अभावी विवाहापुर्वीची आष्टपैलू स्त्री विवाहानंतर केवळ चोवीस तासाची बांधील अशी चाकरमानी ठरते. संपूर्ण जबाबदारीचे एकटीवर पडणारे ओझे आणि सामाजिक दृष्टीकोन यांमुळे जबाबदारीची व मोठ्या अधिकाराची पदे बहुसंख्य स्त्रियांना कुवत व पात्रता असून सुद्धा नाकारावी लागतात. कारण त्या पदासाठी

लागणारा वेळ त्या देवू शकत नाही . म्हणून विवाहा नंतर सुद्धा स्त्रीला स्वताचे व्यक्तिमत्व विकसित करण्याजोगी परिस्थिती निर्माण व्हायला हवी . आज काही प्रमाणात सार्वजनिक क्षेत्रात स्त्रियांच्या नैसर्गिक शक्तींना व गुणांना वाव मिळत आहे . पण अश्या स्त्रियांची संख्या खूप कमी आहे .

आज भारतात मुलींना मोफत शिक्षण दिले जाते . तिच्या साठी नौकरीत राखीव जागा ठेवल्या आहेत. संपत्तीचा वारशा हक्क तिलाही देण्यात आलेला आहे. समान वेतनाचा व समान नागरिकत्वाचा दर्जा देऊन सामाजिक व आर्थिक समता प्रस्थापित करण्यात आली आहे . ज्या कुटुंबात स्त्री-पुरुष समानतेची जाणीव विकसित झालेली आहे. अश्या घरातील मुलींनाही स्वताचे छंद, आरोग्य, ध्येय इत्यादी जोपासण्यासाठी प्रोत्साहन दिले जाते व तिचा सर्वांगीण विकास घडवून आणण्याचा प्रयत्न केला जात आहे .

स्त्रीच्या स्वताच्या कार्य शक्तीला, बुद्धीला, आणि कर्तुत्वाला पूर्ण वाव मिळावा आणि समाजात स्त्रीला समान सामाजिक दर्जा मिळावा म्हणून स्त्री-मुक्ती चळवळ निर्माण झाली . विविध स्त्री-मुक्ती संघटनांच्या माध्यमाद्वारे समाजात आणि विशेषता स्त्रियांमध्ये जागृती निर्माण केली जात आहे . यासाठी स्त्रियांना त्यांच्या हिताच्या कायद्यांचे ज्ञान व मदत दिली जात आहे . घटस्पोटीत, परित्यक्ता, विधवा आणि निराधार स्त्रियांना मानाचे जीवन जगता यावे म्हणून आर्थिक मदत केली जात आहे . रोजगार मिळवून दिला जात आहे .

ही मदत समाजातील सर्व थरांतील सर्व धर्माच्या स्त्रियांसाठी खुली आहे . आजची स्त्री गृहिणी असली तरी बहुश्रुत झालेली आहे . जगात घडण *या घटनांचा, आपल्या आजूबाजूच्या परिस्थितीचा आपल्या जीवनावर कसा परिणाम होतो? याची तिला जाणीव झालेली आहे .ही सर्व जबाबदारी सांभाळून देखील, घरात मुलांचा अभ्यास घेणे . त्यांच्या आरोग्याची काळजी घेणे .घरातील सर्व सदस्यांचे लाड पुरवणे, तेही कोणतीही अपेक्षा मनात न ठेवता . हा स्त्रीचा मातृत्वाचा गुण तर कोणत्याही काळात नष्ट न होणारच आहे .

आजची स्त्री प्रतिभाताई पाटील बनुन देशाचे नेतृत्व करू शकते . लता मंगेशकर बनू न स्वरांवर अधिराज्य गाजवू शकते .तर कविता चावला बनुन सगळं आसमंत कवेत घेऊ शकते .कधीकधी ती पी . टी .उषा बनून जिवाच्या आकांताने धावते . तर कधी मदर तेरेसा बनुन त्रास असलेल्यांना आपल्या कवेत घेऊन मायेची ऊब पण देऊ शकते . वेळ आलीच तर देश रक्षणासाठी झाशीची राणी म्हणून युद्धात लढण्यासाठीही ती तयार असते .

आजच्या स्त्रीची ताकद प्रचंड वाढलेली आहे . आजची स्त्री शिक्षण घेते शिक्षण देते विविध प्रकारच्या नोकरही करते आणि घराची जबाबदारी उचलते मुलांचा अभ्यास मुलांच्या भवितव्याची

जडण-घडण याचा भार देखील स्त्री समर्थपणे पेलत आहे .एवढ्या सर्व जबाबदा*या पेलण्याची प्रचंड क्षमता आजच्या स्त्रीने कमावलेली आहे .

या सामर्थ्याने तिने या मानवी समाजामध्ये तिचे स्थान कसे अनन्य साधारण महत्त्वाचे आहे हे संपूर्ण समाजाला दाखवून आणि पटवूनही दिले आहे .

एकता महिला ग्रुप विशेष

वैशाली या सर्वसामान्य घरातील सामान्य अशी मुलगी हडपसर माहेर सासर पुरंदर तालुका आस्करवाडी आम्ही तीन बहिणी एक भाऊ सर्वात मोठी लेक सासरी पण सर्वात मोठी वाडकर घराण्याची सुनबाई झाली....

दोन्हीं कडे पण मोठ्या असल्या मुळे समंजस पणा त्यांच्यामध्ये लहान पणा पासूनच आहे. त्यामुळे त्या सर्वांना खूपच छान पद्धतीने समजावत असतात.

वैशाली ताईंची लग्नानंतर चूल आणि मूल यातच अनेक वर्षे निघून गेली पण त्यांना मनातून सतत असे वाटत असे की आपण महिलांसाठी काहीतरी करावे चूल आणि मूल यात अडकलेल्या स्त्रियांसाठी काहीतरी करावे त्यांना एक हक्काचे व्यासपीठ मिळवून द्यावे असे सतत वैशाली ताईंना वाटत होत... आणि मग एक कल्पना त्यांच्या डोक्यात आली त्यांनी फेसबुक वरती महिलांसाठी एक हक्काचे व्यासपीठ निर्माण केले विविधतेतून एकता साधली व एकता महिला ग्रुप या ग्रुपची स्थापना केली. ... कोरोना काळात सर्वत्र खूप तणावाचे वातावरण होते पण वैशाली ताईंनी एकता महिला ग्रुप ची स्थापना करून स्त्रियांना विविध स्पर्धांमध्ये भाग घेण्याची खूप सुंदर संधी उपलब्ध करून दिली अगदी वर्षभरापूर्वी स्थापन झालेला हा ग्रुप अल्पावधीतच लोकप्रिय झाला वैशाली ताईंनी आपल्या बोलक्या स्वभावाने सर्वांना आपलेसे केले व हा हा म्हणता 9000 महिला या ग्रुपला जॉईन झाल्या खूप आगळ्या वेगळ्या स्पर्धा घेत असतात आणि त्यामधून विनर काढत असतात ते पण निशुल्क आणि विशेष म्हणजे प्रत्येक वेळेस विनर वेगळे असतात त्या म्हणतात सर्वांना संधी मिळाली पाहिजे. प्रत्येक मैत्रिणीला गिफ्ट गेले पाहिजे तिच्या घरी त्या विनर झाल्या कि त्यांचा आनंद पाहून मला खूप आनंद होतो. त्यांचा ग्रुप पुण्यामधून आहे. पण ऑल महाराष्ट्र मधील महिला त्यामध्ये सामील आहेत. मुंबई. नागपूर. अशा खूप ठिकाणी त्यांनी गिफ्ट निशुल्क पाठवले आहे महिलासाठी या साठी एकता महिला ग्रुप मधील महिला पुढे होऊन त्यांना स्पॉन्सर शिप मदत करतात.याचे सर्व श्रेय वैशाली ताई यांच्या मेहनतीला जिद्दीला स्त्रियांसाठी असलेला तळमळीला जाते या कामांमध्ये वैशाली ताईंना त्यांच्या एकता महिला ग्रुप मधील जवळ सर्वच मैत्रिणी मदत करत असतात त्यात संध्या शेंडगे गेजगे त्यांचाही या कामात मोलाचा वाटा आहे. ...

मला हे एकता ग्रुप मधील आपल्या मधील एक मैत्रीण सुजाता दोरगे पाटील यांनी हा लेख लिहून दिला धन्यवाद

एकता महिला ग्रुप : वैशालीताई या ग्रुपच्या माध्यमातून महिलांसाठी निरनिराळ्या स्पर्धा आयोजित करत असतात... ज्यामुळे महिलांच्या कलागुणांना वाव मिळत आहे अनेक महिला गृहिणी आहेत तसेच काही व्यवसायिक नोकरदार डॉक्टर ही आहेत पण या सर्वच खूप आनंदाने या सर्व स्पर्धांमध्ये भाग घेतात व बक्षिसे मिळवतात . .. वैशालीताई व त्यांच्या सहकारी मैत्रिणी वेशभूषा स्पर्धा पाककला स्पर्धा सणांवर आधारित निरनिराळ्या स्पर्धा नवरी नटली स्पर्धा अशा नाना स्पर्धेचे आयोजन करतात च्या महिलांचा यात नंबर येतो त्यांना वैशालीताई कोणताही मोबदला व पैसे न घेता घरपोच गिफ्ट पाठवतात यामुळे महिला खूप खुश होतात तसेच स्त्री मधील अनेक शक्ती जागृत होतात व महिला या आवडीने सर्व स्पर्धांमध्ये सहभागी होतात महिलांमधील दडलेले व सुप्त गुण या स्पर्धांच्या माध्यमातून जागृत करण्याचे खूप मोलाचे कार्य वैशालीताई करत आहेत व खरं समाजासमोर एक सुंदर आदर्श घालून देत आहेत तर वैशाली ताईंना त्यांच्या एकता महिला ग्रुप ला मानाचा मुजरा. ... महिलांना पुढे आणण्यासाठी व त्यांच्या व त्यांच्या कलागुणांना वाव देण्यासाठी असेच कार्य वैशाली ताईंनी एकता महिला ग्रुपचा माध्यमातून करत राहावे...

स्त्री जन्मा तुझी कहाणी

खरं पाहिलं गेलं तर स्त्री ही ईश्वराची सुंदर अशी निर्मिती....एक परिपूर्ण कलाकृतीच... सा*या विश्वाची जननी, ती पूर्वीच्या काळातील किंवा आत्ताच नवयुगातील ती आई, बहीण, मुलगी, सून, अर्धांगिनी काकू आत्या, मावशी, अशी निरनिराळी तिची रूपे आहेत ...या सर्व भूमिका अनेक रूपात ती छान पार पडते... इतिहासातही अनेक अशा हिरकणी घडून गेल्या की त्यांनी जगासमोर एक इतिहास रचला स्त्रीशक्तीची सर्व जगाला जाणीव करून दिली सावित्रीबाईंनी मुलींची शाळा काढून मुलींच्या शाळेसाठी लढा देऊन शिक्षणासाठी चळवळ करून क्रांतीची ज्योत पेटवली व स्त्रियांना शिक्षणाचा हक्क मिळवून दिला म्हणूनच हा सर्व स्त्रिया सावित्रीच्या लेकी म्हणून ओळखले जातात

राणी लक्ष्मीबाईंनी तर मी तर लेकरू पाठीशी बांधून लढाई लढली इंग्रजांविरुद्धच्या अन्यायाला वाचा फोडली रणांगणात ही शूर वीरा हिमतीने लढली म्हणूनच तिला झाशीची राणी झाशीची राणी असे म्हटले जाते मै मेरी झांसी नही दुंगी असे ठणकावून इंग्रजांना सांगितले... राजमाता जिजाऊ च्या पोटी एका हि*याचा जन्म झाला ते म्हणजे छत्रपती शिवाजी महाराज जिजाबाईंनी शिवबाला उत्तम असे संस्कार युद्धनीती व लढाईची तंत्र शिकवले व थोर योद्धा स्वराज्यासाठी लढला महान ती जिजाऊ कांबळे घडला शिवबा. .. पंडिता रमाबाई पहिल्या महिला डॉक्टर आनंदीबाई जोशी मदर तेरेसा अशी कितीतरी महिलांची उदाहरणे आपल्याला देता येतील की त्यांनी अन्याया विरुद्ध लढा देऊन चळवळ निर्माण करून स्त्रियांना त्यांचा हक्क मिळवून दिला एक अजमेर इतिहास घडवला. ...

आजची स्त्री मुक्त आहे का?

काही सहस्त्र वर्षापासून विशेषता मनुस्मृतीच्या काळापासून स्त्रियांवर अनेक बंधने आली होती. ' न स्त्री स्वातंत्र्यम् अर्हति' ही मनुस्मृति स्त्रीच्या तोंडावर सतत फेकली जात असे. चूल आणि मुल हेच तिचे कार्यक्षेत्र ठरवून तिला चार भिंतीच्या आत अडकवले गेले होते. दुबळी, अबला, अशी तिची टेहळणी केली जात असे, तर काही ठिकाणी गृहदेवता, स्वामिनी कोणत्या शब्दातील बंधनात टाकले जात असे. दागिन्यांनी मढलेली अर्धांगी कुणी आपल्या प्रतिष्ठेचे प्रतीक मानत असे. पुन्हा ती आपल्या पायाची दासी वाटे.

गेल्या शतकात अनेकांच्या प्रयत्नातून स्त्री थोडी बंधनातून बाहेर पडत आहे. शिक्षणाची दारे खुली झाल्यावर तिने आपल्या प्रगतीचा वेग वाढला आहे. मानवी जीवनातील कोणते क्षेत्र तिला आता नवे राहिलेले नाही. पुरुषाच्या बरोबरीने ती प्रत्येक क्षेत्रात अगदी रणांगणावर ही आपली कर्तबगारी गाजवत आहे. आजही स्त्री मुक्त आहे, असे म्हणता येईल का?

याला कारण आजही आपला समाज तिकडे थोड्या शशांक वृत्तीने पाहतो. आज-काल समाजातील घटस्फोटाचे प्रमाण वाढले असले, तरी अजूनही समाज त्या घटस्फोटित स्त्रियांकडे थोड्या उपेक्षेने पाहतो. समाजाची ही दृष्टी बदलायला हवी. आजची स्त्री सुशिक्षित स्त्री घरदार धोनी सांभाळत असते. ज्ञानसंपादन त्यामुळे तिला स्वत:चे क्षेत्र निर्माण झालेली असते, आज ते क्षेत्र गाजवत असते. सोबत आपले घरदार सांभाळत असते, मुलांच्या विकासासाठी धडपडत असते; परंतु ती मुक्त नसते. तिलाही आपले घर टिकवण्यासाठी होण्यासाठी अनेक तडजोडी कराव्या लागतात; क्वचित स्वत:च्या मतांना, इच्छांना मुरड घालावी लागते.

अशा घरातून अनेकदा हुंड्यासाठी तिला जाळण्यात येते, तिची हत्या केली जाते. क्वचित तिच्यावर बलात्कार केला जातो. स्त्रियांवर अन्याय करणा*या एखाद्या दुस*या व्यक्तीला शिक्षा करून स्त्रीवरील अन्यायास संपणार नाही. पुरुष श्रेष्ठ व स्त्री कनिष्ठ हा मुळातील अन्यायकारक दृष्टिकोन नाहीसा झाला पाहिजे. खरेतर सर्व माणसे समान आहेत, या तत्त्वाला आपल्या जीवनात जेव्हा मानाचे स्थान मिळेल, तेव्हा स्त्रीला सुद्धा समाजात मानाचे स्थान मिळेल. आत्मनिर्भर, मुक्त स्त्री निर्माण होईल व त्यातून निकोप आणि निर्भीड समाज निर्माण होईल.

तर मित्रांनो स्त्री पुरुष समानता काळाची आज बातम्या आणि वृत्तपत्रांमध्ये स्त्रियांवर होण्याला अन्याय-अत्याचार, घरगुती हिंसाचार अशी कित्येक उदाहरणे दररोज बघायला मिळतात. एकीकडे आपण स्त्री स्वातंत्र्याची आणि मुक्तीचे गोडवे गातो दुसरीकडे अजूनही काही स्त्रिया

पारतंत्र्यात बंदिस्त आहेत . त्यामुळे देशाला स्वातंत्र्य मिळाले असले तरी संपूर्ण स्त्री जीवन पूर्णपणे स्वातंत्र्य नाही ही चिंतनीय व खेदाची बाब आहे . त्यामुळे नारी सम्मान, स्त्री सन्मान तसेच स्त्रियांना त्यांचा दर्जा आणि प्रत्येक कार्यात सहभाग संधी दिल्यास नक्कीच स्त्री पुरुष समानता ही तुलना करण्याची कधी वेळच येणार नाही धन्यवाद .

स्त्री आणि पुरुष संसाराची दोन चाके आहेत

स्त्रीने केलेली ही कामगिरी खरोखरच अलौकिक आहे. आजच्या विज्ञानाच्या काळामध्ये माहिती संरक्षण तंत्रज्ञान हे क्षेत्र अग्रेसर क्षेत्र म्हणून समजले जाते. या सर्वात मोठे क्षेत्र समजला जाणाऱ्या मध्ये देखील स्त्री रेल्वे, कार, विमान इत्यादी वाहने चालवताना पाहायला मिळते. तेवढेच नसून अंतरामध्ये देखील स्त्रीने आपली कामगिरी बजावली आहे.

आज स्त्री साठी कुठलेही क्षेत्र असाध्य असे राहिले नाही ती प्रत्येक क्षेत्रांमध्ये आपली महत्त्वाची कामगिरी बजावू शकते. ग्रामीण भागातील स्त्रिया या पुरुषांच्या बरोबरीने शेतामध्ये राब राब कष्ट करतात. गुरे सांभाळतात, कुकुट पालन करतात. एवढेच असून आज ग्रामीण भागातील स्त्रिया या सरपंच, उपसरपंच या पदावर देखील असलेल्या पाहायला मिळतात.

त्यामुळे अशा परिस्थितीमध्ये सैन्याने आपल्या सर्वच क्षेत्रामध्ये महत्त्वाची कामगिरी बजावली तरीसुद्धा आपण स्त्री-पुरुष असा भेदभाव करणे योग्य आहे का?

आजची स्त्री ही प्रत्येक क्षेत्रामध्ये आपली कामगिरी करताना दिसत असली तरी दुर्दैवाने काही भागांमध्ये आज ही स्त्री-पुरुष असा भेदभाव केव्हा पक्षपात केला जातो. आजची स्त्री घरातील पत्नी, गृहिण, माता, बहिण, मुलगी अशा सर्व भूमिका पार पाडतेच याशिवाय बाहेरची कित्तेक कामे सुद्धा करते.

परंतु आजच्या आधुनिक काळाने त्याप्रमाणे प्रगती केले आहे त्याप्रमाणे स्त्रीचे चित्र देखील पालटून टाकले आहे. आजची स्त्री ही स्वत:च्या पायावर उभारली आहे. तिने आपली कार्यक्षमता सिद्ध केली आहे .आज प्रत्येक क्षेत्रामध्ये पुरुषांप्रमाणे स्त्री देखील पाहायला मिळते.

असे कुठलेही क्षेत्र नाही ज्यामुळे दिसती काम करताना पाहायला मिळणार नाही. वकिली असो किंवा वैद्यकीय क्षेत्र, शिक्षण क्षेत्र, महाविद्यालयीन प्राचार्य, सैनिक, पोलीस, डॉक्टर, इंजिनियर अशा जीवनाच्या प्रत्येक क्षेत्रामध्ये स्त्री आपली भूमिका बजावते. एकता महिला ग्रुप मधील सुद्धा सर्व काहीं काही करतात. स्वत: च्या पायावर उभ्या आहेत. मला खूप अभिमान वाटतो त्यांच्याबद्दल.

अंग्रेजी रचनाएं

Alaika khan

व्यक्तिगत परिचय

Date of Birth	:	8 April, 2001
Birth Place	:	Nainital
Father's Name	:	Mr. Yusuf khan
Mother's Name	:	Mrs. Chaman khan
Education	:	B.A.LLB, 2nd Year
Profession	:	Student
Published Work	:	Most Discipline Student for three consecutive years, Titled as Miss freshers for two times., Best Athlete.
Address	:	Nainital
E-mail	:	alaikakhan7866@gmail.com
Conatct	:	9045086877

I'm a 'WOMAN'

You may shoot me down with your words. You may cut me down with your Eyes. You may kill me down with your hatefulness. But, Still like air I'll rise.

I'm a sunflower soul with a rock and roll eyes curious thoughts and a heart of surprise. I'm an epitome of beauty . Who had climbed the mountains and divided into the ocean. Because I'm a Woman and I too can own the World. The question is who is a 'GODDESSESS'? A Goddesses is a female deity who have been wired up by different virtues namely beauty, love, creativity, motherhood, fertility and so on. We worship a number of Goddesses' namely

Godessess "DURGA" whom we have not seen. But we can see her presence in every women. But do we really acquire respect? One has to change the way of looking at Woman. The maxim " O kaar murti re mon"(Which idol you are worshipping until and unless you respect her?). To me being a "WOMAN

"means being multifaceted through sharing my ideas pushing my boundaries. Society holds us to ridiculous standards, outdated gender norms.

Despite this I'm courageous, I'm bold, I'm confident, I'm mettle, I'm Fortitude . You may shoot me down but, I won't fall because I'm a "PHOENIX" who will still rise rise and rise.

I take so much pride to be a "WOMAN" . Although facing the spread of FEMINISM. #Me too movements, and strong feelings of solidarity beyond this I'm glad to be a WOMAN. To me being a Woman also means to save the lives of those women's who are clutched in the evil hands who are wound up who are disabled who face harsh barriers .

Proudly, I can say I 'm a Woman who believe in the beauty of self love rather then temporary amusements.

I'm my own story blazing through the world.

Turning history into 'HERSTORY'. I believe in my self made mantra' I know I can I know I'll and I know I must' Be so bold when they dare to tell you about all the things you cannot be you just carry a smile like a loaded gun and tell them. I'm both war and woman you cannot stop me.

At last but, not the least I would like to conclude by claiming to all the women's out there awaken every monster every dragon every wolf that sleep inside you kill your inner critic. And write the truth inside your brain.

I'm a strong women, I'm worth and I matter. A Women is an epitome of beauty who holds number of virtues. I'm a Woman who is unbeatable, I'm a woman who is creative. I'm a Woman who is divine . I'm a woman who is masculine and feminine and lastly I'm Myself. Every woman all the way round plays various entities be it a wife,

Daughter, Sister, Mother and so on. In today's time woman is leading a life which is catering to various domains namely starting from family to professional to social arenas and lot more. A woman is the one who plays a number of roles being in a single body. Though my soul may set in darkness it will rise in perfect Light. I have loved the stars to fondly to be fearful of night. I'm confident, I'm bold, I'm beautiful, I'm me, I'm a Woman who believes in the mantra " I KNOW I CAN, I KNOW I'LL AND I KNOW I MUST". I choose myself first Because I cannot expect others to do so either. I give a call every Women out there to be analytical, to be herself, to be Competent, to be diligent, to be serious, to be bold, to be perfectionist to be modest as well as find your fire and do not be afraid to burn the bridges that deserves to fall.

' I'M A WOMAN OF SUBSTANCE' I'm by the

way I look . I'm more than what meets the eye. Define me by the tough battles . Define me by the courage that I face everyday. I'll survive despite any struggle because. I'm Strong through and through.

I'M A WARRIOR

I'M A FIGHTER

I'M A CHAMPION

I'M A ELYSIAN

I'M WORTHY

I'M CAPABLE

BUT, ABOVE ALL I'M A WOMAN WITH A

SPINE OF STEEL AND A ROAR OF THUNDER THAT WILL STILL RISE, RISE AND RISE.

www.ingramcontent.com/pod-product-compliance
Lightning Source LLC
LaVergne TN
LVHW040426051026
849517LV00002B/479